有琴一张

全新修订版

资中筠 / 著

湖南文艺出版社

时代与个体：
琴声中的二部复调

杨燕迪

《有琴一张》实际上是资中筠先生的音乐自传，亲切生动，别具一格。熟悉资先生的朋友和读者大多知晓资先生的钢琴演奏造诣，而听资先生将自己的生涯经历从学习和弹奏钢琴的特殊角度娓娓道来，当会给我们带来不小的惊喜！2013年6月，我在上海东方艺术中心演奏厅现场聆听资先生的钢琴演奏会，目睹这位年逾八旬、风度翩翩的知识大家在琴键上的流利、稳健、自如，当时的惊讶与赞叹直至今日仍记忆犹新。这本小传，或许可以从一个侧面解释资先生的琴艺风范来自何处。但在我看来，它更有兴味的价值在于让读者观察到，资先生作为一名知识人兼钢琴爱好者，如何通过与钢琴这件独特乐器的复杂交往和互动，经历中国现当代几十年来的社会心理变化，并经验个体命运在其中的沉浮变迁。

或许可以将资先生的音乐经历比作琴声中的二部复调——所谓"复调"，原是音乐中的技术术语，顾名思义，意味着复合、重叠的曲调，同时运行的不仅有高声部的旋律，还有其他多个并行不悖、同等重要的线条。如果说资先生的个体经历是那支飘在上方的如歌旋律，处于这条高音旋律下方，具有基础地位的则是更为浑厚、更具分量的低音声部——那是时代、社会的风潮，负载着所有的个体，向前，迂回，转折，再向前……

资先生习琴、演奏、上台、参赛等，属于正业之外的"业余爱好"。或许因为钢琴这件乐器的西方异域出身，资先生的音乐经历就像一面镜子，映照出中国社会的现代性进程中在汲取外来影响与保持自我身份之间保持平衡的曲折路程。读到资先生正式学琴仅仅6年之后，就在1947年高中毕业前夕在天津举办一场像模像样的钢琴独奏会，这真是令人惊叹的业绩——那场独奏会中有巴赫的《半音阶幻想曲与赋格》、肖邦的《黑键练习曲》、贝多芬的《"悲怆"钢琴奏鸣曲》等高级程度的正规曲目，甚至还包括舒曼的《a小调钢琴协奏曲》完整三个乐章这样的"重磅"大餐！即便在70年后的今天，能够驾驭这样难度和数量的曲目，对于一个年仅17岁，正规习琴时间并不长的"业余"钢琴学生，这也是几近不可思议的能力！这个小小的高潮，不仅印证了习琴者的音乐天资和才能，说明那位名不见经传的钢琴教师——刘金定老师——施教有方，也体现出中国音乐艺术的进展和整体社会文化的进步在多年前就曾达到过的水平。

1948年，资先生进入清华大学。这所著名大学中没有音乐系，但师生的业余音乐社团生活却非常活跃，资先生的音乐兴趣和才华在清华的"弦歌雅乐"氛围中如鱼得水，尽情施展——她不仅跟着管弦乐队排练舒伯特的《未完成交响曲》，还得到机会与乐队合作贝多芬《第五钢琴协奏曲》（皇帝），担任独奏主角。虽然仅是第一乐章，但能有机会让乐队作为陪伴，"众星捧月"，那种激动、幸福和兴奋是可以想见的。顺便提一句，贝多芬的这部协奏曲的境界确乎不辱"皇帝"的别号，真可谓气宇轩昂，气吞山河，演奏的技术难度也极高，非专业高手不能驾驭。资先生能啃下这个"大块头"，足见她的技能和琴艺当年已臻佳境。

进入20世纪50年代，资先生远离了钢琴，"乐魂冬眠"，这段经历读起来不禁令人唏嘘。倒不是有任何显在的缘由让资先生放弃了钢琴演奏，而是时代的氛围发生了改变。钢琴这件乐器在这种氛围中总显得有点不搭调，如同不谐和的噪音。如资先生自己的感叹，钢琴和政治，两个领域看似风马牛不相及，但其实却有着秘而不宣而又确凿无误的关联。直至改革开放之后，资先生才有幸"重操旧业"，再续琴缘。大约有乐器演奏经验的读者和朋友最能体会和品咂这其中的复杂况味和特别欣喜——那种"手痒"的冲动终于得到满足所带来的几乎是生理性的快意。阅读资先生讲述自己心中的音乐之魂如何苏醒，如何复活，乃至重新生长，再次勃发，我们会分外感动——二部复调中，个体的声音与时代的脉动达成协调，而时代也对个体的表达形成支持。

资先生进入晚年后经由个人努力营造出的音乐生活，

几乎具有某种理想的启示意义。这是不带任何功利的音乐玩耍——弹奏钢琴的英文表述是play piano，而play一词同时具有"演奏"和"游戏"的含义。这恰是演奏乐器和从事音乐的真谛所在：借助游戏颐养身心，通过音乐滋养灵魂。听资先生说，她现在每天都练琴，乐此不疲——只是纯粹爱好，自娱自乐。所有演奏乐器的人都有切身的体会：通过自己的手指和身体将音乐表达出来并塑造成形，那种乐趣和获得感真是难为外人道。多年以前，我曾写过一篇短文，题为《奏乐之乐》，说的就是这种通过"身体力行"才能得到的音乐乐趣。由于演奏乐器必然有身体运动和手指操作的维度，同时又有智性认知和情绪张弛的卷入，因而"奏乐"的愉悦是被动的听赏音乐不可比拟的，也与纯粹精神性的阅读愉悦非常不同。资先生作为杰出的中国知识女性代表，因为自幼学琴得到了受益终身的精神滋养，这其间的故事不仅是励志性的掌故，更带来隽永而温暖的启迪。

资先生喜欢演奏的乐曲大都是"古典音乐"中的保留曲目和精粹小品。实际上，产出这些曲目的时代早已离我们远去，但这些曲目却好似脱离了时代，一点也不显得"过时"，至今仍让我们徜徉其间，如痴如醉。我在想，这大概就是"古典音乐"这个范畴的特别之处吧！"古典音乐"其实并不是一个准确的学术术语，如果深究起来，学理问题和不确之处恐怕有很多。但是，"古典音乐"现已成为一个世界通行的范畴概念，它之所以存在，肯定有其合理之处。我觉得，古典音乐标示着某种艺术上的理想范型——某种超越时空、永恒有效的价值创造。虽然"后现代"的当下常常否认持续恒久的稳定存在，但历久弥新的古典音乐却总在提醒我们，时代在变化，但人类的优秀精神成果却可以抵御时代的流逝。回到时代与个体的二部复调这个话题，可以认为，尽管时代决定着个体，但个体却可以通过艺术的力量而超越时代。如资先生的音乐经历所示，她在少年时代的音乐学习和钢琴演奏至老年才真正显现了全部的精神意义和心灵意涵。这不是时代的轮回，而是音乐与艺术对时代的升华和净化。

2017年5月21日

写毕于自京返沪的G21高铁列车上

前言

开始起意写有关音乐的小册子是世纪之交应扬之水女士之约,因辽宁教育出版社要出"茗边老话"丛书,入选作者都是年逾古稀的老人,我算是其中最"年轻"的(69岁),不过等书出版时也就达到"古稀"了。这套小丛书第一辑我已见到,从内容到形式都很精致可爱,不少作者都是学识、文采为我所心仪的长者。我忝列其中惶恐之余,不觉悚然心惊,真的不知老之已至了。我当时正好刚刚结束一部堪称"宏大叙事"的纵谈全球百年沉浮的大部头著作,喘息未定,正需要休整,何不以此换换笔?遂欣然同意。

写什么呢?顾名思义,"茗边"者,茶余饭后闲谈也，重在一个"闲"字；"老话"者，重在一个"老"字，活了多半个世纪，总有一些积久弥醇的旧事。大半生来我与音乐断断续续的离合悲欢倒也能理出一些不算无聊的故事，我就想起写写我的音乐生活。由我来写个人的音乐生活，本来是没有资格的。这类自述之吸引读者通常有两种情况：一是本专业的名家，写成长过程的故事、立业的甘苦；一是不论属于哪一界的家喻户晓的大名人，随便写什么生活花絮都有人感兴趣。而我两者都不是，是学书不成，学剑（琴）又不成的千百书生中之一员。与音乐的关系只不过是少时课余学过六年钢琴，青年时曾以乐会友，老来成为不可或缺的自娱内容，同时也以之念旧游、结新交，如此而已。其中有一些花絮、趣事，以及人生的哀乐、体验，平凡得很，值得与读者分享吗？

不过，那段时间，生活中的偶遇常会勾起一段与音乐有关的往事。例如1999年5月访美时，碰巧参加了一名高中毕业女生的个人小提琴演奏会，不由得唤起我对自己高中毕业时的个人钢琴演奏会的回忆。那情景处处似曾相识，甚至演奏者的年龄、亲切而热烈的观众，以及老师为她伴奏，都与我当年极其相似，着实令我怀旧了一番。还陆陆续续想起一些旧事，于是略加整理，追述成篇，名为《锦瑟无端》，扉页前自题："锦瑟无端五十弦，一弦一柱思华年。"音乐是与我的华年绮梦交织在一起的。这是一个极小开本的小册子，装帧十分精致，于2000年出版，只印了3000册，出版不久就告罄，没有再版。其中部分内容收进了后来出版的《资中筠自选集》中的《闲情记美》卷。

2008年，老伴陈乐民离我而去。我的悼亡诗中有一句，"賸得琴书不自怜"，这是无奈中的自我解脱，在漫长的独处岁月中幸得有琴、有书为伴。没有想到，自那以后，琴于我越来越重要，我的音乐生活越来越丰富，竟然参加了比赛，得了奖，还开了演奏会。受此激励，自己练琴也兴趣日增。原来就缺乏扎实的基本功，又是荒废几十年后才又捡起，笨拙的琴艺似乎还有些进步。在不同的契机中还不止一次为自己录了音，留下纪念。衰年自得，有忘年之乐。最近几年撰写回忆录时，围绕音乐生活的忆旧怀新不断涌现出来。于是接受出版社建议，在早已绝版的

《锦瑟无端》小册子的基础上,加入新的内容,续成一本小书,雪泥鸿爪,以飨同好。无以名之,想起欧阳修自号"六一居士","六一"之中我得其三:书一万卷、琴一张、老翁(媪)一个。遂以《有琴一张》为名。

有 琴 一 张

目 录
CONTENTS

从玩具钢琴启蒙 / 001

幸遇好老师 / 009

个人演奏会 / 021

清华园的弦歌雅乐 / 035

乐魂冬眠 / 051

乐魂复苏 / 067

大洋彼岸的琴缘 / 093

在上海电视台过把瘾 / 109

衰年余兴 / 117

随感二则——不算乐评 / 137

《有琴一张》再版后记 / 157

从玩具钢琴启蒙

有 琴 一 张

我的父母都不懂音乐,只是有些喜欢。父亲在留学时曾学过小提琴,据母亲说,我在襁褓中时,他有时还在我床头拉过简单的曲子,逗得我眼睛随着乐声转。但是我记事以后,只见到家里有一个布满灰尘的提琴盒,却从未见父亲取出来拉过。母亲学过一点风琴,好像她那个时代当过教师的都学过风琴,仅此而已。所以我并不算从家庭受到过音乐熏陶,父母也没有像方今许多家长那样对孩子学乐器刻意追求。他们心目中还是"唯有读书高",对我识字、背古文要抓得早、抓得紧得多。我与钢琴结缘是由一架玩具琴启蒙的。

我从记事起直到上小学只有两件心爱的玩具,玩了许多年,都是父亲从国外带来的。一是一个躺下会闭眼睛,坐起来会哭一声的娃娃;还有一件就是一架放在桌上的玩具钢琴。那是真的按音阶能弹出调子来的,尽管大约全长不到两个八度,而且黑键是画上去的。它伴随我从幼儿到少儿,百玩不厌。渐渐地把学会的或者听来的儿歌在上面试着弹出来,居然能成调。特别是上幼儿园(那时叫"幼稚园")之后,学会了"do、re、mi……",更加入门,简单的儿童歌曲,只要会唱,就能在那架玩具琴上大致弹出来,觉得非常好玩,乐此不疲。说是"大致"弹出来,是因为那琴没有黑键,我也完全不懂钢琴的音阶,本能地就把"F"键当作"do",也就是所有曲子一律"F"调。所以凡是遇到简谱里的"fa"时(应弹降B黑键),音调就不对头了,我一直惑然不解,就这么凑合着弹,直到后来学了五线谱,与真钢琴对上号,才恍然大悟,记得那感觉真如喊出"尤里卡"[1]一样。

没想到,在玩具琴上练出来的"才能"竟引出了真钢琴:在我小学二年级时,有一次,父亲带我到他的一位姓王的朋友家去玩,看来他比父亲年长,我称他为"王伯伯"。他的孩子都比我大,他家有一架钢琴,是我第一次摸得着的真钢琴,兴奋至极,顾不上客气礼貌,就上去弹

---

1 希腊语,意为"我发现了"。

有琴一张

我会的歌。一开始没想到琴键那么重,与玩具琴的感觉大不相同,使好大劲才按出声来。不过好歹能把我熟悉的歌弹出调来。那位王伯伯是音乐爱好者,对我这一"才能"大为赞赏。现在想来实在算不上什么,方今七八岁的孩子已经学过几年琴,会弹不少名曲,技巧相当娴熟的并不鲜见。不过我是第一次摸到真琴,有些稀罕。那时父亲工作没几年,积蓄不多,买钢琴对我家来说还是一种奢侈,学琴也不是当务之急。只见王伯伯力促父亲买琴,让我立即开始学,说否则就耽误了,并自告奋勇愿当导购。父亲只是笑而不语,看来是敷衍他,并未被说动。谁知过了几天,忽然有几个工人抬了一架钢琴到我家,母亲骇然,说我们并未买琴,是不是弄错了。工人说没错,是"王××老爷"让送来的,定钱已付。母亲只好留下等父亲下班回来再问明白。原来是那位热心的王伯伯给挑了一架他认为物美价廉的琴——并不是送我的礼物,而是强迫我父亲买,把账单送到他办公室去了。这样我父亲就被迫提前给我买了琴。有友如此热心,又如此"强加于人",实在难得。我是真正受惠者。不久抗日战争爆发,王伯伯举家迁内地，后来再无消息，我连他的名字都不知道。

正是由于日本侵略，天津沦陷，打乱了平静的生活，我延师学琴之事就拖了下来。又过了一年多，天津遭水灾，我家暂时迁到上海避难，住在舅舅家，我在那里上完高小才回天津上中学。从初中一年级开始，才正式拜师学琴，离王伯伯强迫购琴已经过去4年，我那年11岁，如果立志以钢琴为业，则稍嫌太迟。好在父母和我自己从来不做此想，也没有太大的遗憾。

不过在正式拜师时，我也不是从零开始。我在天津读书的耀华小学很重视全面发展，音乐、美术课教学都很认真。小学三年级的音乐课就教五线谱。也许是得力于玩具钢琴，一般同学视为十分复杂的"蛤蟆骨朵"和那几条线的关系，我在脑海中与琴键一对号，立刻就明白了，恍然大悟之感由此产生。后来在上海上高小时，音乐老师课余开钢琴启蒙课，一星期两次，我也去上过，大约学了一册拜厄的书。不过那位老师本人不是专业出身，教的指法不正规，后来我正式学时，被从头纠正了一遍。

有 琴 一 张

写到这里，似乎要给人印象，我从小颇有音乐天赋，如果早开始训练，是可以成才的。我得赶紧声明绝非如此，我绝不属于那种有特殊音乐细胞的人，这一点很早就有自知之明。最重要的是我没有特殊的"音乐耳"，只能辨认简单的旋律，也就是凭听力只能用单音弹出一支曲子，遇到复合的和弦就难以分辨，不能准确地在琴上重复。这固然能够通过学习和训练达到一定的程度，但是比起那些生来就有一副好耳朵的孩子来，差别是很明显的。我家的朋友中有一个男孩，叫袁效先，就是这种天才。他在识谱之前全靠平时听唱片就会弹奏不少中等难度的钢琴曲，当然基本指法是他母亲教的。他后来专业学钢琴，曾达到入选参加国际比赛的水平，可惜健康出了问题，否则是可以卓然成家的。这是一种特殊的天赋，非常人所及。我见到过的幼年刘诗昆也有这个本事，后面还要谈到。

在我的钢琴学到较深的程度时，老师加了和声学的课，其中有一项练习就是听写（视唱练耳），即老师在琴上弹出各种旋律与和弦，我们在五线谱上记录。此时，我的弱点就暴露出来了,不但复杂的和弦记不下来,就是变调很多的单一旋律也常跟不上。那是因为我受简谱单一调门的"do、re、mi……"的影响太深,要学"视唱"就得完全改变这一观念,我始终没能完成这一步,也就没能更上一层楼,达到更高境界。再有一点,从爱好上说,我只能说喜欢音乐,喜欢弹琴,但并不像有些人那样着迷。在中学时代,我本能地最容易心领神会的是文学作品,如诗词、文章,乃至对联,往往能深深地打动我,使我过目不忘,回味无穷。有时做数学题也能着迷到废寝忘餐的地步(曾经有一度我迷上了证三角恒等式)。与前二者相比,钢琴属于第三位。我识谱能力较强,对于没有见过的新谱子比较容易弹下来;参加合唱团时,一首新歌第一次就能看着谱子唱歌词,不必先练歌谱。但我感到这与音乐关系较少,而与我看书一目数行,以及学中文和外文的能力属于同一智能的范畴。总之,我学音乐只有一般的悟性,既没有特殊的天赋,后天也没有苦练技巧,所以最终只能作为业余自娱。不过话又说回来,由于那王伯伯的热心,加以后来又遇到一位好老师,音乐毕竟成了我生命中很重要的内容，极大地丰富了我的精神生活乃至交游圈子，给了我无穷的乐趣。如果没有那几年的正规训练，那就连自娱也达不到了。

另外，我觉得识谱弹琴的训练可能对我后来学外文、做口译，特别是同声传译无形中有不少帮助。一则是辨别发音的能力，我似乎对不同国家的语言，以及不同方言的细微的差别分辨和模仿能力较强，这一点是否与音乐训练有关不能肯定。但是同声传译则肯定与此有些关系。我一出大学门，最早的工作就是做口译，稍后做国际会议的同声传译，这需要反应特别快。不像现在，外语院校有翻译专业，还有专门训练口译的课程，那时谁也没有受过这方面的专门训练，而我似乎比许多新手困难要小得多。因为看着一种文字的稿子，或听着一种语言，立即在脑子里翻译成另一种文字并用口说出来，这与看着乐谱立即由大脑下命令到手指的原理是一样的。何况乐谱比文稿要复杂得多。所以当时许多实际外文程度比我强的同事苦于速度跟不上，我却困难不大，在同辈中以反应快著称，这也可算是学琴的副产品吧。

幸遇好老师

有琴一张

1939年，天津水灾，我们全家避难到上海，住在舅舅家。我读完高小于1941年暑假回津，刚好满11岁。此时父母才下决心送我正式从师学琴。那时天津私人教琴的洋人居多，当然学费比较贵。我们经朋友介绍，找到了一位中国教师刘金定先生。我非常庆幸我父母不迷信洋人，让我遇到这样一位好老师。可以毫不夸张地说，她既是带领我进入音乐之门的真正"发蒙"老师，又是进一步使我得窥音乐堂奥的导师，我有限的钢琴技艺、音乐修养，以及后来从音乐中得到的无穷乐趣，都得力于她，可以说泽被终生。

刘金定老师的母亲是美国老华侨，父亲是老清华留美生，20世纪40年代时任美国米高梅电影公司在华北的代理。刘金定是长女，生于美国，长于中国，毕业于燕京大学音乐系钢琴专业。我见到她时，她二十五六岁，风华正茂，给我的第一印象是眼睛很大，挺漂亮的，而又和蔼可亲。与现在通常对"归国侨胞"的印象不同，她家一点也不"洋气",父亲是个瘦老头,母亲是个胖老太,两人都是典型的普通广东人。刘金定还有四个弟妹,两个大弟弟都上燕大,最小的弟妹是一对双胞胎,和我是中学同年级同学。她家生活方式基本是中国式的,家里说广东话,老太太夏天经常穿着一袭半旧黑香云纱的旗袍,家务事全家动手,不用保姆,是一个勤劳、朴实、和睦的家庭。

我开始从刘先生学琴是在太平洋战争爆发前,她家靠刘老先生的收入,生活还不错。我们都生活在英租界,暂时不受影响。但是半年以后,太平洋战争爆发,日本接管租界,中国的沦陷区与美国断绝了联系,刘老先生等于突然失业,断了经济来源,于是刘家全家的生活重担就落到了长女和长子肩上。刘金定的钢琴课成了她家主要的经济来源之一。从此她以授课为业,逐渐以独具特色的教学赢得声誉,不愁没有学生。顺便说一句,那时的天津是仅次于上海的开放城市,工商业发达,因而文化教育也处于前沿。在一个现在可称为"中产阶级"的圈子里,西方音乐已经比较流行,许多人家的孩子学钢琴已不是稀罕之事。我只记得刘先生的课每天都排得满满的,从早到晚,一个学生没有下课，下一个已经在外面等着。就这样，年复一年，她几乎没有休息和游乐的时间，也没有闲暇交男友、谈恋爱，可以说为家庭牺牲了至少一部分青春年华。在这几年中，她凭自己的才能和劳动维持了七口之家朴素而不失体面的生活，负担两个弟弟上完大学，一对弟妹上完中学考上大学，为老父送终，继续奉养老母。1945年抗日战争结束时，由于刘老先生已经病故，她的担子未能立即放下，直到1947年才同一位燕京大学历史系的老校友杨富森先生结婚。两人双双到美国，在美国又经过一番艰苦奋斗才立足、定居。杨先生后来在匹兹堡大学教授中国历史文化，刘先生则放弃了音乐，改行学图书馆管理，并以此为业，直到退休。尽管她所受的全部教育都是"洋"的，对家庭的态度却完全合乎中国传统的孝悌之道。这一点，在当时不论"新派"还是"旧派"的学生家长中普遍博得好评和同情，遇事都诚心诚意地愿意帮助她。所以她同学生及其家人的关系不仅是职业的，大多建立了深浅不一的友情。

我所感受到的刘先生的教学特点是严格的规范和启

发兴趣相结合，循循善诱，循序渐进。我见到有的小朋友在外国老师那里学琴，强调苦练基本功，开头一段时间只许反复练各种基本音阶和枯燥的练习曲，技巧到了一定程度才许弹"好听"的曲子。这当然对打下扎实的基本功有利，但是容易使人失去兴趣，特别是孩子更容易视练琴为苦事。刘先生则每星期留下的功课中除必有的音阶练习外，一部分是练习曲，一部分是与技巧程度相适应的小曲子，包括简单的舞曲、小奏鸣曲等。这样就使我有一种渐入佳境的感觉，觉得学好了琴可以弹这么好听的曲子，因而产生动力。同时也激发起练基本功的意愿，因为基本功达不到，真正的"好听"处是出不来的。我从一开始就不打算以钢琴为专业，每天也只练琴一小时，兴趣对我很重要。那些以钢琴家为目标的孩子大约就应该先过咬牙苦练手指的关。

刘先生也很重视规范，一开头就把我自以为在上海上小学课余学过一册《拜厄》的书的"底子"给否了，先从摆正手指训练起。她基本上是欧洲古典派，强调一切力量都在手指上，她告诫我千万别看着那些演奏家摇头晃身的样子就跟着学，人家是在手指功运用自如的基础上出神入化，才形成自己的风格和习惯。还有一种演奏家肢体动作特别强烈，那干脆就是坏毛病已经养成，尽管成了名，这一毛病也不足取。

就这样，我随刘先生不间断地认认真真学了六年琴。每天放学回家先练一小时琴，然后做学校留的作业，大约也是一小时。每星期到老师家里回一次琴，再领来新的作业。常年如此，风雨无阻。事实上我家的熟人中大多数家里都买琴，孩子们学琴多数就是随便玩玩，很少能坚持到一定程度的。母亲虽无意培养我成为音乐家，但是她本着一贯的信念：既然学了，就要认真学好。特别是买钢琴、聘老师，都是付出代价的，如果不当回事，随便玩玩，就是"纨绔子弟"，那是她最痛恨的。所以她对我练琴和其他功课一样都严加督促。她自己在隔着楼梯听我练琴的"熏陶"之下，也渐渐入门，越来越喜欢，甚至有时能分辨出作曲家的风格，偶然点一首要我弹。记得她尤为喜欢的曲子之一是莫扎特的《土耳其进行曲》。后来我妹妹也开始学琴，母亲闲来听我们弹琴是天伦之乐的一部分（父亲很少有这种空闲）。

刘金定和另一位老师张肖虎当时在天津是开中国私人授钢琴课的风气之先的，在几年中树立了自己的风格，建立了自己的声誉，打破了洋教师一统天下的局面。同时以学生为纽带在他们周围形成了一个音乐爱好者的圈子，互相熟悉起来，其中有些家庭彼此也变成了朋友。刘先生每年都要举行一至两次学生演奏会，听众就是学生家长和亲友，地点有时借住房比较宽敞的学生家的客厅，有时通过关系在某个俱乐部借一间房间。记得还有过一两次与张肖虎先生联合举办学生演奏会，那规模就比较大了，是在天津法租界的教堂"维斯理堂"，有正式的舞台，听众也比较多，但不卖票。学生的年龄和程度当然参差不齐，从学龄前到高中，从最简单的儿童乐曲到能上正式音乐会的难度相当大的世界名曲都有。那时没有业余"考级"之说，这种演奏会对提高兴趣、互相切磋、激励认真练习乃至锻炼见场面，都有很好的作用。记得我第一次出场紧张得忘了一大段，事后遗憾不已。以后就不再紧张了。就是在那种演奏会上，我见到了天才儿童刘诗昆。

有 琴 一 张

那时刘诗昆大约不超过4岁,是让人抱上琴凳的。他坐好之后,回头问:"姑姑(他这样称呼刘先生),我弹什么呀?"刘先生说了一个曲名,他就很投入地弹起来。一曲未终,他忽然回头说"姑姑,下面我忘了",接着自己就溜下了凳子。刘先生向大家介绍说他尚未识谱,全凭听,记得多少弹多少,他的耳朵好得惊人。于是当场表演,把他放在门口,有人在琴上弹一个和弦,他过来在琴上试了几下就正确地摁出来了,大家为之鼓掌赞叹。我也是从那时起更加确信自己不是当专业音乐家的材料。刘诗昆的父母是音乐欣赏家,的确是从一开始就刻意要培养出一个钢琴家来的。他家里有许多唱片,在他父亲慨然同意下,我们由刘先生带领,不定期地到他家听唱片,提高欣赏能力。刘诗昆的父亲亲自给放唱片、报曲名,有时还介绍一下演奏家。

天津在一个不大不小的圈子中音乐生活相当活跃,特别是抗战胜利之后的两三年中,经常有各种音乐会,我因刘先生的关系常去听。那时音乐会票价相对物价而言并不昂贵,不像现在那样令一般人望而却步。每年圣诞节前后在"维斯理堂"举行的音乐会,以合唱为主,刘先生有时参加伴奏。许多名家或后来成为名家的人物都来举行过专场,我有幸听到过的有沈湘、张权、吴乐懿、郎毓秀、池元元等。其中沈湘和吴乐懿给我的印象最深。沈湘最打动我的一首歌是《思乡曲》:"月儿高挂在天上……在这个静静的深夜里,记起了我的故乡……"我觉得他的音域之广,音色之美,演唱的感情之催人泪下,是在此之前以及以后好久没有听到过的。1949年以后,还听他唱过,但是不久他就背上了政治罪名,从此销声匿迹几十年,等到新时期再复出,已垂垂老矣。至于吴乐懿,我至今还记得她弹李斯特改编的威尔第的歌剧《弄臣》(*Rigoletto*)钢琴曲,简直精彩极了。在我少年的心目中,她的手好像很大,弹飞快的八度和弦毫不费劲(我一辈子也没有过这一关),那乐曲的华丽辉煌和幽默风趣被呈现得淋漓尽致。当时欣赏、赞叹和钦佩的感觉至今记忆犹新。这又使我体会到,音乐演奏中丰富的感情是建立在坚实的基本功的基础上的。可惜这种体会并没有使我决心加紧苦练技巧,却与见到幼年刘诗昆的天才一样,更加强了我的"自知之明",进一步让我打消了以钢琴为专业的想法。

所以就弹钢琴而言,我没有"见贤思齐"之志,却是相反,"见贤泄气"。不过从心理学上讲,这种暗中的自卑感还是产生于一定的向往,如果只是一般的听众,根本不会有这种自反的复杂心情。也许正因为有这点向往,我"虽不能至,亦当望之",从初一到高三还是老老实实地练了几年。

我们都希望并怂恿刘先生自己举办一场个人演奏会,当时少不更事,以为挺简单的,殊不知这牵涉到种种因素,不像她为学生举行演出,请家长当听众那么简单。直到大约1947年,她终于与一位拉小提琴的方先生联合举行了一次演奏会,有各自的独奏,也有合奏。我们学生和家长都很兴奋,踊跃参加,她收到的花篮大约比别的演奏家都多。

刘先生对她认为有希望的学生是全面培养的。到高中二年级时,她建议我学点作曲,和另一名同学朱起芸一起上课,也就是每星期除一小时回琴外,再加一小时作曲课,确切地称是乐理课。朱起芸与我同上耀华中学,比我高一级，我们两家住得很近，本是好朋友，现在在一起学乐理，关系就更密切了。她身材高我一头，手也大，这一先天条件就比我好。后来她果然上了燕京音乐系，毕业后在中央音乐学院教钢琴，而且教视唱。20世纪80年代初万物复苏时，我们又见了面，她刚刚评上副教授，但是不幸她不久就得癌症去世了。后来我又遇到过曾在音乐学院学习的专家，都记得朱老师的视唱课，据说是当时音乐学院优秀的课之一。

我学了大约一年半的乐理，以一本《和声学》为课本，同时用教堂的赞美诗中的四部和声为范例。尽管我学的时间不长，程度很浅，但学与不学还是大不相同，它使我知道了许多"所以然"，懂了许多规律，训练了耳朵，也帮助我提高了背谱子的能力。前面提到，我辨析复合音弦的能力较差，刘先生教给我一锻炼之法，就是凡参加合唱时不要唱高声部，而选择低声部，听合唱时也不要只听主调，而注意其他声部。我依法实行，果然逐渐有效。但是在单音旋律的听写中，她叫我彻底摆脱"do、re、mi……"的观念，我始终没能做到。朱起芸的视唱能力就比我强。《和声学》的第一课开宗明义就讲"乐音"（music）和"噪音"（noise）的区别，说明哪些音符组合在一起能成为和声，而为什么手掌任意在琴上一按必出噪音。我因而明白为什么教堂的风琴和唱诗总是那样和谐，也明白为什么刘先生用赞美诗做范本，因为那四部是最规范的和声。根据这个标准，后来的一些"现代派"音乐以及某种歌舞厅音乐都属于"噪音"。我对这种"音乐"无论如何难以欣赏，并非出自有意识的偏见，而是耳朵经过此基本常识的训练已形成一种迎拒的本能。

个人演奏会

有琴一张

如同文科毕业生要交毕业论文，工科要做毕业设计，音乐系演奏专业的毕业形式之一是举行汇报演出，英文称"recital"，不同于正式的音乐会（concert）。我不知道以后的音乐学院采取什么样的制度，据刘金定先生称，燕京音乐系的惯例是毕业生举行个人汇报演出。于是她对学生中认为够程度的也实行这种做法，把它放在高中毕业之时，因为在这以后，学生不论是否继续学音乐，在她那里的学习即将告一段落，也算是"毕业"。她在天津教学这几年，教出来号称三大弟子的学生：一位刘培荫，1945年毕业；一位朱起芸（就是前面提到与我一同学乐理的），1946年毕业；另一个就是我，1947年毕业。连续三年相继举行个人演奏会的就是我们三人。刘和朱都上了燕京音乐系，刘还是当时公认的"大美人"，在燕园因此而颇有名气。她们二人后来都在中央音乐学院任教（刘培荫主要教音乐附中），而且都是优秀教师。只有我没有走这条路，那一场个人演奏会就算是音乐生活中的一个制高点了。

个人演奏会

举行这种演奏会至少集中准备一年以上,所以刘先生一年多以前就提出来了。有了两位师姐的榜样,个人演奏会对我已不太神秘,似乎也不是那么高不可攀。只是母亲不十分赞成,原因是我当时身体瘦弱,同时面临高考的激烈竞争。抗战胜利后,各名牌大学相继复员,自1946年起恢复全国招生,考生规模一下子扩大了许多倍。而各校喘息未定,不可能大幅度增加名额,可以想见竞争之激烈,特别是西南联大三校仍联合考试,按志愿分别接收。一则由于其名气,二则由于国立大学不收学费,所以北大、清华等国立大学门槛特别高,那两年清华录取率在千分之几。加之我们华北沦陷区的学生英语程度远不如上海的学生,也不如联大附中、南开中学的学生,必须在最后一年中加紧补课,迎头赶上。母亲是一个重实际甚于虚荣的人,她怕我顾此失彼,或身体吃不消。但是刘先生十分坚持,在最后一年的教课中就按音乐会的需要,一样一样布置练习,母亲也就不反对了。我自己大约是倾向于试一试的,不过也无强烈的欲望。反正老师十分认真,我就按照她的要求练下去。那一年中每日的练琴时间超过了平时的一小时，同时补习高考的功课也比平时时间多得多。所以，那是我学习最紧张的一年。但是好像较之现在的中学生还是小巫见大巫，因为我还是从不开夜车，还有时间看许多"闲书"和"玩儿"。

那种独奏会的曲目有严格的一定之规：开头一定是巴赫，休息之前的最后一首是奏鸣曲，压轴的是协奏曲，这是"必修课"。在上半场的中间有一组短篇或中篇，多为浪漫主义时期作品（这不是硬性规定），而且至少有一首练习曲。下半场在协奏曲之前可以有几首较为轻松或接近现代的曲子。那时德彪西、麦克道威尔（美国）就算最"现代"了。我的节目单在20世纪50年代已经付之一炬，其中有些现在仍记得，而且还在弹；有些则已惘然，任凭苦苦搜索记忆，也无法百分之百地恢复原貌。现在记得清的有以下曲目：

巴赫：《半音阶幻想曲与赋格》，d小调
肖邦：《即兴幻想曲》，作品66
　　《摇篮曲》，作品57

个人演奏会

《黑键练习曲》，作品10第5号

贝多芬：《"悲怆"钢琴奏鸣曲》，c小调，作品13

柴可夫斯基：《胡桃夹子组曲》之一

拉赫玛尼诺夫：《小丑》

门德尔松：《谐谑曲》，作品16第2号

舒曼：《钢琴协奏曲》，a小调，作品54

记得还有一首完全用左手弹奏的《序曲》，作者记不起了。另外有一首《八音琴》（Music Box），作者也忘了。有一首美国麦克道威尔的《女巫之舞》是我唯一会弹的美国作曲家的曲子，也在那一年的练习之中，最后是否列入了表演的节目，现在无法肯定。按常规，协奏曲应该由管弦乐队伴奏，但是当时没有请乐队的条件，就由刘先生用第二钢琴代替。我的两位师姐的音乐会也是如此，已成惯例。

以上的曲目有些我后来恢复弹琴后又捡了起来，如巴赫、贝多芬、肖邦的那几首，特别是《即兴幻想曲》和《摇篮曲》成为我常年"保留节目"，至今不衰。至于钢琴协奏曲，我后来熟悉的是贝多芬的《第五钢琴协奏曲》

（皇帝），那是因为上清华后曾练过。舒曼的那首，一别几十年，忘得干干净净，及至与乐谱再相逢，只有开头和一段主旋律还能唤起记忆，勉强弹下来，再往后就到处都是拦路虎，一个乐章都难以敷衍至终。我简直不能想象当年三个乐章都曾熟练地背下来，包括与协奏的配合。"好汉不提当年勇"，信矣，岁月无情！

当我回忆到这段过往时，旅行至沪，适逢上海音乐节，去听了意大利钢琴家康帕涅洛的独奏会。他第一次返场弹的就是门德尔松的《谐谑曲》，令我惊喜不已，如老友相逢。但是在欣赏之余，我又忍不住煞风景地想：我当年难道真能按这个速度弹下来？

个人独奏会在我17岁的年华当然是空前的大事，对我家和老师也是如此。时间定在暑假，六七月，总之是高考之前。本来，音乐会一般都在晚上，但是那时华北解放战争的战场实际已经日益逼近天津，市政府当局动不动就实行宵禁，晚上没有保证，就定在一个星期日的下午。我当时对政治全然无知，只感到白天的气氛与晚上不一样，有些遗憾。这一"遗憾"之情后来成为我思想改造中检讨的一项内容。

"正日子"到来之前相当长一段时间，全家和关系较近的亲友就已动员起来开始筹备，简直像办喜事一样。首先是租礼堂，两位师姐都是用天津基督教青年会的礼堂。由于父亲的工作单位在原法租界，他通过熟人，以优惠条件租用了那里的"法国俱乐部"（抗战胜利后，租界已经取消，但传统势力还在），那个大厅可摆下四五百个座位，有一个不小的舞台。请柬由刘先生出面，上写某月某日为学生某某举行独奏会，敬请光临指教，等等。请柬和节目单的样式是刘先生请她的朋友设计的，像贺年卡一样，折叠式的，里面一边中文，一边英文，英文是花体字。卡片的颜色却是我挑的：天蓝的底色，银色凸花字。那时的中学女学生常常选一种颜色作为自己的代表色，我在那一段时间酷爱淡蓝色，认为它代表我所追求的智慧和淡雅，体现"林下之风"，把少女的一切美好的梦都织进淡蓝色之中，认定它是自己的"本色"。记得节目单印出来之后，我觉得美极了，真是爱不忍释，无论如何想象不到，五年之后我会亲手把它销毁。邀请名单由刘先生和我家各自开列，其中还包括我的要好同学和老师。到那天居然座无虚席，而且还有亲友送不少花篮，我父母的好友黄家小姐妹负责献花，颇有一番热闹。黄家姐妹就是佩莹和瑁莹，后来她们也都成为音乐学院的钢琴教授。黄瑁莹的先生就是著名男低音吴天球。

接下来是我的服装问题。我当时上的中学校风简朴，女生一律短发齐耳，不许烫发。我家也以勤、朴为家教，母亲平时就很少涂脂抹粉，更不用说孩子了。但是要上台演出总得特殊对待，好事的亲友、同学七嘴八舌争相出谋划策，从西式长裙到特殊样式的盖脚面长旗袍都有，颜色也众说纷纭。我长到17岁，从未穿过鲜艳的"花衣服"，偶一试之就感到十分尴尬，手足无措，不敢出门。我想如果打扮成那样，我大概会窘得把曲子都忘了。结果还是母亲、老师和我达成协议：衣、鞋、饰物一律白色，衣服样式就是当时流行的普通短旗袍，不过质料考究些。饰物只有衣领上一只蝴蝶形水钻别针，其余一概免去。我坚决不肯穿高跟鞋，穿了不会走路，于是定做了一双看起来像高跟的坡跟鞋。至于头发，当天早晨被拉到理发馆去烫发，师傅说我头发太短，在他的建议下，下面加了一圈假发，倒也天衣无缝。最后，开幕之前，师姐兼挚友朱起芸到后台来给我鼓气，一看我脸色苍白，口红极淡，说是这样不行，人又是细细一条，穿一身白，从台下看简直像个幽灵。不由分说，拉过去在我脸上涂抹一番，直到她满意为止。我没有照镜子，也不知被她涂成什么样，就这样粉墨登场了。这样一化妆的效果之一是看起来年龄比实际大，不少人以为我已经有20岁了。朱起芸还专为这次音乐会送了我一只蓝色水钻胸针，当时没能戴，我一直保留至今，成为对她永久的纪念。

万事皆备，只欠东风。就看我的演奏了。事先刘先生已经传授无数遍放松之道，并叮嘱种种"切忌"之事，其中之一就是切忌在出场前默诵乐谱，因为不在琴上弹出声，往往会到某个环节背不下去，以为自己忘记了，徒增紧张。我恰恰就在开场前不由自主地犯了这一忌讳，默默地动着手指背诵第一曲目巴赫。那是最容易卡壳的，偏偏必须放在开头。谁知默弹到当中果然卡壳了，怎么也接不下去，只是不断地循环。离开场只有几分钟了，急得我手心出冷汗，求老师再让我看一眼谱子。老师严词拒绝，我从来没见过她那么严厉。她命令我立即停止想那巴赫，到台上坐到琴边再进入状态，自然会出来的。时间一到，她几乎是把我推上台的。多年以后我看卓别林的电影《舞台生涯》，那位芭蕾舞演员有一次临上台前心理旧病复发，双腿不听使唤了，被卓别林一巴掌打出幕布，她就跟着音乐转起圈来，不由得联想起那一天刘先生推我的情景。

一坐到琴边，果然心就静下来，开始进入角色，忘记台下的听众。巴赫顺利终曲，担心的事都没有发生。以后就信心越来越足，越来越放开，借用如今体育比赛的说法，整个演奏会"发挥正常"，没有出现失误和意外事故。我想欣慰之情刘先生更胜于我。至于演奏水平究竟如何，已经无从考察，那时没有录音，一切烟消云散。这本来是私人活动，观众都是请来捧场的，当然只说好话，不会认真评点。我听到的唯一的坦率意见出自一位中学同学，至今记忆犹新。她说："最后的协奏曲由老师伴奏对你不利，她第二钢琴把你比下去了，整个演奏中主奏明显比伴奏弱。"她用的词概括而准确："劲儿不够，嫩多了。"

刘先生还专门请来了一位业余摄影家给照相。他是天津一家医院的院长雷爱德大夫,现在也早已作古。他的照

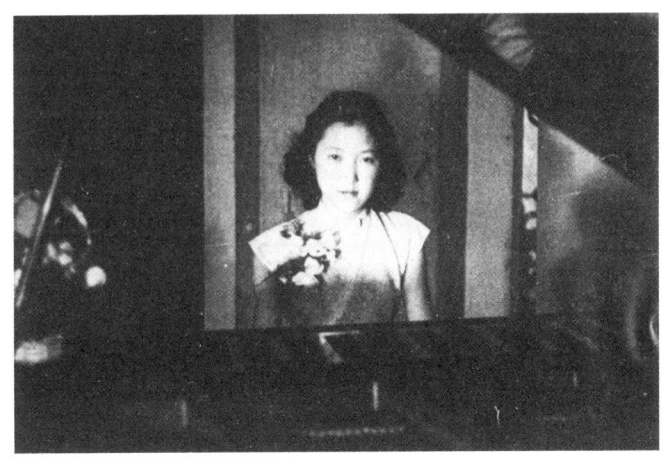

1947年独奏会保留照

相技术很专业，为我留下了珍贵的纪念。

记得我演奏会结束后，到台上来祝贺、握手的人之中有一位法国驻天津总领事的夫人——刘先生给她发的请柬。她会弹竖琴，举行过个人竖琴演奏会。这里特别提到她，是因为后来成为我的"保留节目"的《阳关三叠》，原来是张肖虎先生为她改编的竖琴曲，因为她开演奏会希望有一首中国曲子。后来她随丈夫撤离回国。那时中国人弹竖琴的很少，张先生就把它改编成钢琴曲了。还有一位女"记者"，是燕京新闻系的实习生，大约也是刘先生的关系请来的，她来"采访"了我一通，第二天居然在一家报纸的一个角落登了这位记者写的报道。这是我的名字第一次见报。这是我音乐生活中的高潮，也可以算一次小小的"辉煌"，从此不再。我的淡蓝色的少女时代能以这样的方式"曲终奏雅"，如一部乐曲结尾的华彩终章。还有一抹余晖在一年后的清华音乐生活中发出过短暂的光芒，再以后，生活的色调就完全不同了。

1947年刘金定老师个人照片

1947年独奏会与刘金定老师合影

与家人师友合影

清华园的弦歌雅乐

有琴一张

开过演奏会之后,就集中准备高考。那时各校自己招生,考试的时间是错开的,一个人可以考好几家大学。我的第一志愿是清华,在激烈竞争中名落孙山。母亲认为是开独奏会分散了精力,我却认为与此无关。但考上了燕京,在那里上了一年。当时综合大学有正规音乐系,而且达到像燕京这样高水平和声誉的还不多见。但是我在燕京的一年中却几乎中断了练琴,也没有参加任何音乐团体。

根据燕京的学制,"主修"之外还可以"副修"一门专业。我没有如刘金定先生之愿上音乐系,但是又放不下,一厢情愿地想"副修"音乐。刘先生也加以鼓励,并写信给音乐系主任苏露德女士(Miss Ruth Stahl),介绍我去见她,希望她给我一个考入"副修"的机会。苏露德是燕园单身女教师之一,同时是"女部"学监,管女生行为品德,以严厉著称。我如约去见她。她一开始就表示学音乐不是容易的事,对于"副修"的想法很不以为然。然后就当场叫我弹一曲试试,不算正式考试。我自从个人独奏会之后，就集中于高考、入学等事宜，整个暑假疏于练琴，仓促上阵又心情紧张，其效果可以想见。于是连考试资格都没有取得，"副修"之说遂告吹。正由于学校有正规的音乐系，琴房剩给外系人练琴的时间很少，可用的时间于我都不方便，于是在燕京一年竟不大有机会弹琴。如果我"副修"音乐成功，也许就在燕京留下来了。

我当时执着于上清华，一年后下决心考转学，整个暑假不回天津的家，住在北平亲戚家，天天泡北平图书馆（即现在国家图书馆的前身），结果如愿以偿，1948年考取清华二年级插班生。清华没有音乐系，校园音乐生活却十分活跃。这首先要归功于张肖虎先生。那时他已离开天津到清华主办"音乐室"，完全是为业余爱好的师生而设的，在我入学时已经办得有声有色：聘有教钢琴、提琴和声乐的老师，学生交极为低廉的学费就可以自由选学；有合唱团，还有一支颇具规模的管弦乐队，尽管成员的水平参差不齐，练习却很认真、很正规。还有一个音乐爱好者自愿结合的"音乐联谊会"。这些都是跨系、跨年级，甚至跨师生的。从我1948年入学到1950年抗美援朝之前的近

有 琴 一 张

一年半中，清华园的弦歌雅乐充实了我几乎全部正课以外的生活，使我的大学生活丰富多彩，留下了回味无穷的华年绮梦。还建立了一个持久的"乐友"的圈子，到老年恢复聚会，兴味盎然。

清华音乐联谊会，前排左一为作者

清华园的弦歌雅乐

秋季开学后不久，我的兴奋和新鲜感尚未消失之时，有一天，静斋（女生宿舍）一位高年级外文系的女同学来找我，向我介绍"音乐联谊会"，动员我参加，我欣然同意。不久，清华管弦乐队的指挥茅沅又吸收我参加了乐队。碰巧，茅沅和张肖虎先生一样，都是学土木工程，因热爱音乐而以之为终身事业的。茅家大约有音乐细胞，他的姐姐茅爱立是女高音独唱家，我中学未毕业时已经听过她在天津举行的个人独唱会，也通过刘金定先生的关系见过面，所以第一次见到茅沅并不特别生疏。他就成为我进入清华音乐圈的引荐人，其他乐友率多是通过他结识的。茅沅比我高一级，会的乐器是钢琴，偶然引吭高歌，嗓音也很浑厚，他毕业后自己选择到中央歌剧院从事作曲。著名的《瑶族舞曲》管弦乐的配器就是他的杰作。他的作品中还有一首小提琴曲《新春乐》，1979年著名小提琴大师艾萨克·斯特恩（Isaac Stern）访华，茅沅作为中国作曲家与他见面时，曾把这一乐谱赠他留念。后来斯特恩在里根总统招待中国总理赵紫阳的晚会上演奏了这首曲子，但是没有报作曲者的名字，茅沅本人是偶然在广播中听到有关消息报道才发现的。对于这种"殊荣",时下善于炒作者一定会大做文章,但茅沅只托人要来了录音自己保留,始终无人知晓,我是多年后与他闲聊才偶然得知的,也算一段佳话,书以志之。

当时清华音乐室的活动中心在生物楼旁边的"灰楼",那里有几间练琴房,房子和钢琴都很旧。还有一间大教室,合唱团、管弦乐队的练习都在那里,小型联欢音乐会也在那里举行过。乐队每星期练一个晚上,大家都很认真,很少缺席迟到,开练之前各自练习或调音,咿呀之声闻于楼外。指挥面前有一张放谱子的小讲台,在练习当中动不动就用指挥棒"当当当"敲讲台,要大家停下来,指出问题,重来。我对这点印象很深,觉得真像那么回事似的。乐队成员绝大多数是工学院同学,而且几乎清一色是男性。除我之外只有一位女同学,吹长笛。她叫李天使,到下学期就离开了。我对这点有印象是因为那时校园相当荒凉,每次练习完从灰楼回静斋的路上阒无一人,我先与她结伴同行,后来剩下我一个女生,便由男同学轮流护送回宿舍。

我加入时，乐队正在练舒伯特的《未完成交响曲》。这就是我参加管弦乐队的第一支乐曲，因是之故，至今每当《未完成交响曲》的旋律在我耳边响起时，总会唤起一种说不出的亲切的惆怅感。实际上，交响乐是没有钢琴的份儿的，茅沅给我一份从总谱改编的钢琴谱，坦率地对我说，要我参加这支曲子的练习是因为乐队的音调和节奏都太不稳，练习时用钢琴托着点有助于大家找到感觉。等习惯了，练好了，正式上台演出时就不要钢琴了。原来我是"陪练"，起的是小孩学步时的扶手作用！未免暗中有点泄气。不过参加练习的乐趣和学到的东西远远压倒那一点失望。等下学期，乐队练贝多芬的《第五钢琴协奏曲》（皇帝），我一跃而为主角，大过其瘾，此是后话。那学期的练习是有目的的，就是在12月间到燕京大学去表演。燕京有的是专业音乐人才，不过没有这样规模的乐队，因此我们这支非专业乐队得到一次表演的机会。我当然只能在台下欣赏自己"陪练"的成果。那次音乐会还有什么其他节目，甚至我有没有表演钢琴，现在在记忆中都已雾水茫茫。这可能是因为紧接着另一更鲜明的图像盖过了这一记忆。

我们到燕京去表演的那晚实际是解放军包围北平城的前夕。我们一行来回都是步行穿小路出入于清华西校门和燕京东门，穿过的地方叫成府，就是现在热闹非凡的海淀区成府路，当时是荒凉的农村。去时觉得这寒冷、寂静的夜色中的村野荒郊别有情趣，一路欢声笑语不断。回来的路上却遇到一群群的军队匆匆走过，顿时气氛异样。进了清华校门，迎面而来大批人马（真的有马，是骑兵）穿过校园出西门而去，当时不明就里，只觉得发生了不寻常的事，和李天使紧紧挽着胳臂快步走回宿舍。第二天才知道，解放军已经抵达附近，开始围城，过两天清华一带就先于北平解放了。所以，我们见到的是仓皇撤退的国民党军队。

在清华从大二到大三大约一年半的时间，我的生活轨迹就是在宿舍、教室、图书馆、音乐室之间。每天下课以后先到音乐室练琴，然后到图书馆，或者晚饭后到图书馆。我进入老年后，在一次同学聚会上遇到一位协和医院的老医生，他说早就认识我，因为他曾上过清华生物系，而那时生物楼就在灰楼旁边,是我练琴必经之地。那时清华男生与女生的比例是10∶1,许多班级没有女生,号称"和尚班",女生就成了"稀有动物"。我每天抱着一堆琴谱从生物楼下经过,正是他们做完实验,到窗口松口气时,我就成为一道风景。我经过时,会有人招呼其他人,说:"她来了,她来了!"于是大家拥到窗口向下望,目送我走过,也算一种休闲活动。我当然绝对不会知道。他却印象很深,直到老年相逢,成为"白头宫女话天宝遗事",博大家一笑。

音乐联谊会还有一项活动,就是周末到美国教授温德(Robert Winter)家去听唱片。温德其人在清华和北大是很知名的。他自20世纪20年代来华,从此终生执教于中国,主要在清华和西南联大。他在大半个世纪中与中国师生同甘共苦,抗战时期一起撤到昆明西南联大,胜利后一起复员,院系调整后与文学院一起合并到北大,"文革"中和许多中国教授一起受冲击,一度被扫地出门,住到一间他称之为"门房"的小屋,最终老境凄凉,以百岁高龄在北大逝世。他执教是在外文系,我上过他的莎士比亚和英诗课。大约是与他的音乐修养和爱好有关,他非常强调诗歌的节奏,每选一诗都用很多时间讲节奏,犹如中国旧诗讲平仄。至今他敲着桌子念"tedum、tetedum……"之声似仍在耳边。印象最深的是有一次他说英语适于写诗,有乐感,举莎士比亚的《麦克白》剧中一句台词为例:"Murder(谋杀)! Murder!"他用深厚的男低音拉长声反复读这个词,确实给人以恐怖感。然后他与法文比较,"谋杀"在法文中是"assassiner",发音急促。他压扁了嗓子重复读这个词,那神秘而恐怖的味道一点也没有了。我想这是他一家之言,法国人大概不会同意法文不适于写诗之说。他终身未婚,养了一只猫,爱抚备至,坐拥数不清的唱片,是极有鉴赏力的音乐评论家。我们到他家听唱片,宾主都各得其所。我们当然大饱耳福,谁家也不可能有那么多好唱片,而且听他发表意见总是很受启发的。对他来说,有这样的座上客和听众也是一乐。他虽是美国人,对音乐的见解却是绝对的欧洲古典派。浪漫主义时期以后的作品就不大入他的耳。对这派人,有一种说法:"勃拉姆斯以后无音乐。"使我想起我国古文学中的"文必秦汉"派。我记得他不喜欢柴可夫斯基,一边放他的作品,一边说"cheap(廉价)"!他认为老柴太过于多愁善感。我那时很喜欢柴可夫斯基,恰恰就在于比较容易听得懂,容易被打动。我听到温德尖刻的评论吃了一惊,还曾暗自惭愧,好像是自己浅薄,但是我还是觉得柴翁的作品好听。

在温德家门口

前面提到，张肖虎先生为竖琴谱了《阳关三叠》，后来改为钢琴曲，就是1948年在清华完成的。我有幸首先奉张先生之命"试弹"。乐曲的结构就是主旋律和三段变奏，十分好听。张先生希望我练好以后灌唱片，后来时事变迁，终于未实现，一搁就是近40年。

音乐积极分子中有一位同学陈平，他钢琴弹得不错，主要是鉴赏家，通乐理，还作曲。他比我高一级，原在数学系，后转哲学系。听说他出身名门，饱受家学，英文非常好。对于这种文理兼备的同学，我总是比较钦佩。我不知从哪里读到柏拉图说，美学的最高境界是音乐与数学的结合，因为二者都是抽象的，不借助任何有形之物。我理解：诗歌要借助语言，就免不了特定的含义，而音乐完全由声音传递一种意境，凭听者自己体会。同理，数学只讲"理"，与物无关，而其他科学都研究某种物质，等等。这是我的瞎琢磨。我中学时也曾迷过数学，在清华的一段时间自己曾浸沉在如何把数学与音乐结合起来的幻想中。遇到陈平这样的同学，就很想同他讨论这个问题，谁知他对我这些不靠谱的幻想不感兴趣。而且他思想已经倾向革命，1949年初，没有毕业就响应号召参加工作，临走给我留下一封信，说我这种幻想对现实社会毫无意义，应该丢掉，到现实中来拥抱新中国（大意）。他后来到过朝鲜前线，主要在音乐出版社编音乐杂志，开始颇得其所。但是他本人是书生气十足的，在1957年那场"阳谋"中未能免于难，曾下放劳动。改革开放以后又相遇，都已垂垂老矣。现在他也已去了另一世界。他的情况下一节还要谈到。

1949年春再开学时，整个北平城已经解放，校园气氛大变样，到处是"解放区的天是明朗的天"的歌声，课外文娱活动丰富多彩，内容也有所改变，我还参加了女生腰鼓队。不过直到抗美援朝之前，我们原来的音乐活动，包括管弦乐队的练习，还能继续进行。也就是从那个学期开始，乐队练贝多芬的《第五钢琴协奏曲》（皇帝）。这是我钢琴生涯中的另一个也是最后一个高潮。自从个人独奏会以来，我一直梦想有一天能同"真的乐队"合奏，现在梦想成真，太过瘾了！而况贝多芬的这首协奏曲是我最喜欢的，远超过在独奏会上弹的舒曼的那首。说实在的，以我和乐队当时的水平,这种大曲不用说演奏,就是练习也有些勉强。但是当时大家都是初生之犊,什么都敢上,一点一点抠,到学期终了时,第一乐章居然啃得差不多了。我自以为进度比乐队快些,而且如果不迁就乐队,弹奏速度还可以提高一些(完全达到标准是不可能的)。我最高兴的时候是指挥说:"现在从头走一遍,不管出现什么问题不要中断。"这样,我就可以痛痛快快弹一遍了。可惜这种时候不多。所谓"一遍"就是第一乐章,下面两章始终没有机会继续练,这一曲就"翻"过去了。不论如何,这一短暂的经历给了我莫大的乐趣,而且这首曲子至今是我自娱的保留节目之一,心中一边默想着乐队的声部一边弹,还能背下半个乐章来。与管弦乐队合奏的机会,一生一世也就那一个学期了。

茅沅毕业后,乐队继任指挥是原首席小提琴手程不时。他是航空系的,在当时同学中小提琴拉得最出色,其特点是音色酣畅饱满,极少有杂音,优美动听,这在半路出家的业余提琴手中是很难得的。我不清楚乐队指挥是怎样产生的,好像既没有选举也没有"任命",自然而然就由他来"执棒"了,而且大家都很服从。据我了解,他学提琴的时间并不太长,也非音乐世家出身,更不知他什么时候学会看总谱,能驾驭这么多乐器。我算是正式学过和声学的,但是对于看总谱总认为需要特殊训练,所以对于这种多才多艺的工学院同学常怀有钦羡之情。程不时的确称得上多才多艺,除了音乐外,还会画画,并且爱好文学。他曾说过平生三大志向:设计出新型飞机,写一部交响乐,写一部长篇小说。像多数才华出众、锋芒外露的青年一样,他在历次政治运动中经历颇为坎坷,听说这三大志向也是屡遭批判的罪状之一。他终于成为成绩卓越的飞机设计师,第一志愿应该至少是部分实现了的。他也的确出版了一部长篇小说,只是交响乐好像没听说写出来,不过小提琴还是伴随终身。20世纪80年代他当过一任人大代表,有一天忽然发现在"两会"召开期间,电视中有一幕联欢会上人大代表登台献艺,他拉《梁祝》,音色依旧。他在清华继任指挥后不久,乐队就终止了《第五钢琴协奏曲》(皇帝)的排练。如何决定的,还练了些什么,都记不清了,只记得有一次他在工作总结中说乐队有些好高骛远，举例就是练《第五钢琴协奏曲》（皇帝）。

不论怎样，到1950年，政治气氛愈来愈浓，在灰楼里练西洋古典音乐与大环境日益显得不协调。许多队员的思想感情也随时代而转变，有的离校参加工作，有的忙于学生会和团委会组织的各种活动，这种"象牙之塔"的音乐生活难以为继，到朝鲜战争爆发之后就无疾而终了。不过我和程不时私下的合作却继续到毕业，一般钢琴与小提琴合作，总是钢琴处于伴奏的地位，我给他伴奏了许多好听的曲子。其中最过瘾、最难，也最动人心弦的是萨拉萨蒂的《流浪者之歌》。后来弄到一本莫扎特的《钢琴与提琴奏鸣曲集》，我就脱离了伴奏地位，与提琴平起平坐了。其中有几首奏鸣曲也成为我至今的保留节目。如今那一段在音乐室的琴房中流连忘返的日子早已"去似朝云无觅处"。

乐魂冬眠

有琴一张

有一位研究中国的美国人写过一本书，题目是《钢琴与政治在中国》。那是一本颇为独到的书，讲西方音乐传入中国的历史，其中叙述了许多著名中国音乐家和钢琴家的沉浮、兴衰——从冼星海、贺绿汀到马思聪、傅聪、刘诗昆、殷承宗乃至顾圣婴的沉浮遭遇，莫不与政治背景相联系。把钢琴与政治联系在一起是很煞风景的。但是在那个年月，政治无处不在，逃避不了的。正应了那句话："你不找它，它会来找你。"我非钢琴家，我的事业、命运与音乐无关。但是我的音乐生活依然摆脱不了与政治大背景的关系。

我于1951年大学毕业分配工作，起初还曾希望能有机会继续练练琴，不求有所长进，至少不至于完全荒疏。刚好我住的文化部宿舍大楼礼堂有一架久未调音的旧琴，我央求管事的人允许我星期天进去弹，居然获准。那一年本单位的国庆联欢会上我还出了一个节目，记得弹的是门德尔松的《谐谑曲》。但是这种对过去的延续是极为短暂的。不久,"三反""五反"运动开始,我父亲受到冲击,"帽子"大得吓人,登上了《天津日报》头版头条。正在意气风发、一心追求进步的我被这突如其来的浪潮打得晕头转向。在本单位我就被列为运动中重点"帮助"对象。核心内容是要我把"屁股"移到无产阶级一边来,重新认识家庭和自己从出生起21年来所受的教育和熏陶。经过大会、小会、个别谈心,还有工农出身的同志的忆苦思甜,我确实如醍醐灌顶,大梦初觉,心服口服地认识到自己就是受的资产阶级教育。与音乐无关的且不去说它,其中最突出的就是学钢琴一事。

这也不难理解,在旧社会,工农子弟有几个能有机会从小就学钢琴呢?在一般人心目中,钢琴就属于"资产阶级"。不仅是学习的机会,还有全部西洋音乐的内容以及随之而来的欣赏这些音乐的生活情调,当然都不是无产阶级的。特别是我居然还在解放战争的高潮中举办个人演奏会!一方面是英勇的解放军在浴血奋战,一方面是我和我家以及周围那个脱离劳动人民的小圈子在歌舞升平,而且我还为不能在晚上而在白天举行演奏会而感到遗憾,这是

有 琴 一 张

什么感情!

总之,经过这一场风波,钢琴成了我的"原罪"的一部分,也是我"背叛"家庭出身,与过去决裂,必须抛弃的一部分。不久,父亲的问题做了结论——"完全守法户"(应该说是非常幸运的,没有为以后的运动留下尾巴),他仍然是"统战对象"、政协委员,并且工作安排到北京。从此全家迁居北京,我又可以周末经常回家了。他们迁居时把家里稍微值钱一点的东西都捐给了"公家",包括大批的线装书捐给了天津图书馆。唯独那架钢琴还是搬了过来,大约还希望我们姐妹能时常回去弹弹。但是,经过这一场冲击,我自觉不自觉地和家里疏远了。尽管到下一场运动到来之前还有一个短暂的相对宽松的时期,尽管父亲的身份还算是一位受尊重的"民主人士",尽管我不时还回家小住,母亲不管我的态度如何始终不渝地关怀备至,但是那永远完不成的"脱胎换骨"的使命一直伴随着我,再也无法像过去那样一家人亲密无间了。甚至我发现自己亲情"复发"时,立即加以克制。钢琴摆在那里,有时手痒,也弹一忽儿,暂时忘掉"思想改造"。

但那也只是"一忽儿"。母亲在旁也不敢表示注意到我在弹琴。那种在音乐声中的天伦之乐从此一去不复返了。

在那期间我做了一件愚不可及的事，就是把我个人演奏会的纪念册连同全部照片统统付之一炬。平心而论，那是完全自觉的，没有人要我那么做。那时也还没有抄家的威胁，"在思想领域内全面专政"的口号还没有提出，对钢琴以及西洋古典音乐并未全面否定。傅聪、刘诗昆、李名强等许多钢琴家在国际上得奖还被视作为国争光大肆宣传。也许这与"苏联老大哥"对古典艺术的态度有关。直到"文革"以前，西洋音乐一直还算是百花中之一花，可以进入公开演出。记得1959年在刚落成的人民大会堂举行的庆祝国庆十周年晚会上，郭淑珍穿着西式长裙唱《哈利路亚》，与郭兰英穿着带胸兜的裤袄唱《南泥湾》相映成趣。1964年，顾圣婴还在国家大力支持下参加比利时伊丽莎白女王国际音乐比赛。我碰巧在那时因工作关系随领导到荷兰，在中国驻荷兰代办处见过顾圣婴一面。由于中国与比利时没有建交，顾圣婴在预备参赛期间暂住荷兰的中国代办处。当时她已进入前十二名，正准备下一轮决赛。

中方很重视此事，专门为她弄了一架三角琴，供她练习。中国驻荷兰代办是一位颇有文化修养的老革命，对她的健康也很关心。说明到那时为止，作为专业人士，这一技之长能为国争光，还是很受重视的。这种"专政"的"不全面"到"文革"才"彻底消灭"。我当时也绝对想不到三年之后，顾圣婴会有那样悲惨的结局。

那么我怎么竟然如此"超前"，何苦如此决绝呢？从逻辑上说，根据我当时被启发出来的认识：同样的欣赏音乐，解放以前和以后是不同性质的两回事——以前是少数人的特权，现在是劳动人民翻身做主以后共同享受。无论如何，我那个人独奏会是脱不掉"资产阶级生活方式"的标签的。另外，对于顾圣婴、刘诗昆等人，音乐是专业，那是另一个世界。我是在"外事"圈，与艺术离得很远。政治气氛不一样，业余弹琴显得"异类"。更重要的是我个人的心情。"三反""五反"运动是我生平第一次受到的冲击，尽管比起后来历次运动直至"文革"的阵势是小巫见大巫，可算是和风细雨，但是对从未"经风雨见世面"，"在温室里长大"的我来说，连续几个月在一个单位成为众所周知的反面典型,已经十分难堪,何况是"大是大非"问题。我忽然发现在一个天翻地覆的大时代,我竟有与"没落阶级"一起被淘汰的危险,但是又有一条"光明的前途",就是彻底与过去决裂,"背叛"自己的出身。我当时以追求真理、向往进步自许,每天都处在"觉今是而昨非"的心态中,是非美丑都要换一个角度看(还没有像后来"文革"中那样完全颠倒过来),只想早日完成"脱胎换骨"的蜕变,还有什么不可抛弃的呢?那钢琴独奏会成了我一块心病。的确,同事中没有人知道我有那么一本纪念册,更没有人要我销毁它。而我抱着"朝闻道,夕死可矣"的决心,义无反顾,而且还出于"慎独"的道德准则,虽然无人监督,自己这样做了比较安心。事后也没有向别人说起过。以后我在"思想改造"过程中还做了一些完全不必要的傻事,也是出于"慎独"。而这种道德观念却来源于自幼受的"修、齐、治、平"中的"修身"教育,与革命无关。

我烧掉的纪念册中有我自己精心设计的独奏会节目单、以老师的名义发出的印得非常精致的请柬、记者采访的消息剪报、师友的题词，以及全部照片。那时没有录音录像，否则也会让我给销毁的。母亲在一旁看着，不敢阻拦，只是叹气。直到80年代末，我在上海遇到过去我家里的保姆的女儿，她也已年逾古稀，居然还保留着一张我在音乐会上的照片，把它还给了我，就是那张坐在三角琴前的独影。还有几张合影是80年代初我在美国再见到刘金定老师时她给我的。这是我现在保有的那次独奏会仅有的痕迹，其他都已灰飞烟灭。

但是，纪念册可以烧掉，从心中彻底抹去音乐却不那么容易，可以说"乐魂不散"。50年代我又有过两次琴缘。

一次是为女高音歌唱家喻宜萱（又名管喻宜萱，人称管夫人）伴奏。1955年5月，我随中国代表团参加在芬兰首都赫尔辛基举行的一次盛大的和平大会。这种大会主要不是为讨论问题，而是显示力量，造声势。所以各国尽可能组织最广泛的人士参加，各路英雄济济一堂，十分热闹。中国代表团阵容十分强大，表现了当时最广泛的统一战线。与音乐有关的是团员中有一位女高音歌唱家管喻宜萱,今天许多年轻人可能不大知道喻宜萱,她在40年代可是赫赫有名,在台上也是可以引起轰动效应的。由于各国代表中艺术家不少,大会最后一天举行晚会,由各国艺术家登台献技,以志其盛。中国代表团自然是管夫人出场,她为没有伴奏而感到遗憾。说来也巧,我们住的旅馆有一间小客厅里放着一架钢琴。我自从出校门后就很少有机会弹琴,在国外见到琴,手痒起来,就趁代表休息时偷偷去弹。此事传了出去(应该说,那还是气氛比较宽松的时期,不至于因此挨批评,再过几年我就不敢这样放肆了),因此引来管夫人,问我可否在晚会上给她伴奏。我那时初生牛犊不怕虎,没有那么多顾虑,竟一口答应,只说要看谱子难不难,而窃以为过去伴奏还有些经验,对自己的识谱能力颇有点自信,却忘了我已有好几年没有摸琴,已非"当年勇"了。及至拿到伴奏谱,有的还可以,其中有一首却比较难(好像是《我骑着马儿过草原》),不经过练习,速度跟不上。当然不可能有时间练。但这是管夫人拿手的重头曲目,非上不可。最后她同意我采取"偷工减料"的办法把最难的地方混过去。就这样,不那么"闪亮"地登场了。那是相当正式的演出，不是联欢性质，是在一间大厅里有正式的舞台，台下黑压压一片，大概除了参会人士外，东道国还请了一些听众来捧场。好在大家注意的主要是歌者，不大会去注意伴奏，演唱很成功，掌声热烈，这个节目总算对付过去了。事后有人不识相，当我面问管夫人我弹得如何，她犹疑一下说："她大概独奏比伴奏擅长。"以这么婉转的方式表达不满意，也令我终生难忘。

如果我的不自量力仅止于此，那也还罢了，却还生出下文。朝鲜代表团中也有一位女歌唱家出节目，她的声音是属于甜美柔细的那种，不像管夫人洪亮高亢，她排在管夫人之后出场，有点缺乏自信，又见管夫人有伴奏，更处于劣势了，于是跑来和我商量是否也肯给她伴奏，那时离晚会开幕的时间已经没多久了。我照例要求先看谱，还真的不难，匆匆合了半遍，觉得还可以，就这样定了。问题就出在这只合过"半遍"上。原以为后半部分基本上是重复前面，只有结尾花哨些。谁知到了台上，中间有一大段脱离伴奏的花腔表演。只见她没完没了地"啊……"，我却找不到应该从什么地方跟进了。如果是中国歌还可以循歌词找，可这是我完全不懂的朝鲜文，调子是我从来没有听过的。坐在台上毫无办法，只好让那位可怜的女士从后半部分起无伴奏清唱到底。我只紧盯着最后几小节，到结尾高潮处适时跟进，总算"有始有终"。最后谢幕握手如仪，台上台下好像什么事故也没发生。我也不记得到后台如何向她道歉的。也许因为受这件事的干扰，我没有能好好欣赏全部节目。现在留在记忆中的只有智利聂鲁达朗诵自己的诗和著名美国黑人歌王保罗·罗伯逊的演唱。

罗伯逊的节目当然是整个晚会的高潮，他返场多次，掌声如雷。记得他唱了《老人河》等许多脍炙人口的黑人名曲，又用中文唱了《在那遥远的地方》。似乎整个大厅都充满了他的歌声，那低音深不可测，如无底洞。他唱歌时有一个动作，一只手放在耳朵背后，像是在倾听什么远方的声音——也许是他自己歌声的回响？总之实在精彩极了，令人终生难忘。70年代末我首次访美，偶然见到罗伯逊的儿子和儿媳，谈起这段因缘，他们随即送了我一盘极为珍贵的录音带，是非卖品。当时没有问是何时录制的，

有 琴 一 张

从里面的掌声和罗伯逊自己的讲话来看,大约是他从国外流亡回到美国后,一次演唱会的现场录音。除黑人民歌外,还有苏格兰民歌、非洲土语歌和中国歌——"起来,不愿做奴隶的人们"、《凤阳花鼓》和《在那遥远的地方》。还有俄罗斯的《伏尔加船夫曲》,与美国的《老人河》异曲同工。有的歌他边唱边做讲解。令人惊讶的是他的中文发音相当正确,而且还为听众讲解其意。那录制的音乐会上他除了演唱外,还讲自己对各国歌曲发音的体会,把中国歌和有些中国字的声音与尼日利亚的某些话语做比较,据说有相似之处。这盘录音带我珍藏至今。

在这以后,机缘凑巧,1956年我奉调到音乐之都维也纳工作。那是一个"何处窗口不飘乐,几家楼内无琴声"的城市,连沿街卖艺要小钱的都够专业水平。我的领导是李一氓,他是一派风流才子作风,与我所遇到过的老干部完全不同,绝不会做那种批判"封、资"(那时还没有"修")文化艺术的煞风景的事。他自己还收集了许多古典音乐的唱片。在那种大环境和小环境下,音乐对于我无形中合法化了,可以肆无忌惮地去欣赏、追求了。不久氓公（这是大家对他的称呼）奉调回国。由于国际局势出现一些变化，新领导拖了一段时期没有来，工作相当清闲。此时我偶然发现维也纳的旧琴行中有钢琴出租，租金低得出奇，就租了一架，于是又过了不到一年的每天弹琴的日子，好不快活！在此期间，我还买了许多乐谱，都是过去向往已久的。我在中学学琴时，乐谱不大好买，倒不如解放后影印的那么方便。我学的许多乐谱都是老师借给我的，那时没有复印技术，特别需要保留的就自己抄，所以我学会了抄谱子。有少数是托人在国外买的。如今到了维也纳的书店中，琳琅满目，如入宝库，那些熟悉的人名、曲名、集名和版本赫然在目，令我兴奋不已，尽阮囊所能陆陆续续买了不少。这是我生平采集到的最多最好的乐谱。不过到"文革"时，它们的归宿也和纪念册一样——灰飞烟灭！

在维也纳的大半年与钢琴为伴的生活可称为回光返照，从那以后直到80年代初改革开放，我再没有机会摸琴。真是钢琴与政治紧密相随！我于1959年"大跃进"高潮中奉调回国，紧接着三年困难，食不果腹，再接着阶级斗争天天讲、月月讲……可以想象，等不到"文革"，我在维也纳租钢琴之事，又是批判和检讨的题目了。

回国以后，我的琴谱连同在国外购买的少量纪念品都放在父母家中，只是因为我住集体宿舍，根本没有地方放必要衣物以外的东西。琴谱当然毫无用处，在束之高阁之列。"文革"一开始，抄家来势凶猛，"打砸抢"之风甚炽，气氛很恐怖。我父母住西城区，正是"西纠"显威风的地域，家人每天战战兢兢等待抄家。这时轮到我母亲自动焚书了。她根据自己的判断把足以罹祸的"反动文物"都付之一炬。其实那时已经家无长物，最主要的，也是最宝贵的，是将近半个世纪的老照片，其中有父亲留学时期在日、美和欧洲各地的名胜古迹前照的，有与中外师友的合影，有母亲的亲戚和她的同学、同事的照片，甚至父母的结婚照，还有一部分我们小家庭的照片。这些照片之所以可能获罪，主要大约一是与外国有关，二是有些人说不定被定为"反动派"了，无法说清楚。还有单是那时的服装就是"四旧"。母亲当时已是60多岁，体弱多病，极怕皮肉受苦。可以想见，若不是在非常的恐惧下，她无论如何不会忍心烧掉这半个世纪珍贵的纪念的。我那本独奏会的纪念册即使过去没有被烧掉，也必然难逃此劫。我的全部琴谱就是在那一次一同化成灰的，这损失比起那些永不再现的珍贵照片来实在不足道了。

那架当年王伯伯强迫我父亲买的钢琴，是在随后不久附近中学的红卫兵来抄家时连同一些箱笼一起搬走的。据说那一拨红卫兵还算文明，认为我家人态度还好，居然给打了收条。至此，我的音乐彻底从生活中消失，落一个"白茫茫大地真干净"。80年代初，"落实政策"后，我父亲的单位非常认真，居然把抄去的可以找到的部分箱笼找回来了。关于钢琴，我们已忘记是什么牌子，单位还曾派人派车接了我妹妹华筠和老保姆到几个还存有无主钢琴的地方去认，终于没有找回，有关部门象征性地赔偿了400元。

1979年，我因病动手术，在家休养期间忽然萌发弹琴的欲望。我的琴缘随政治运动而断，又随政治形势的转变而续，钢琴与政治两个风马牛不相及的事物就这样联系起来了。

乐魂复苏

有 琴 一 张

20世纪70年代末，随着神州大地上一个新时期的到来，有一种万物更始的感觉，似乎人性、良知、真善美的追求都在复苏。我心中的音乐之魂也在不知不觉间苏醒过来，真个是"野火烧不尽，春风吹又生"。逐渐地，我就有了自己买琴的欲望，不过囿于居住空间、经济等种种条件，难以实现。1979年我因病动手术，在家休养了大约两个月，因病得闲，弹琴的欲望分外强烈。那时钢琴非常难买，我妹妹华筠在文艺界，近水楼台买了一架，我就到她家去弹。她给我一把钥匙，家里没人时我随时可以去。正值暮春时节，天气宜人，待我身体可以出门走动，就以她家为目的地，逐渐恢复琴艺可算是一种特殊疗法，对身心都有益。正巧，著名小提琴家伊萨克·斯特恩来华访问，由对外友协接待。我得到了票，听了一场精彩表演，久矣夫！没有这种美妙的享受了。而且曲目中还有过去我曾与程君合奏的莫扎特的《钢琴与小提琴奏鸣曲》。那次音乐会如一石激起千重浪，引发我对一切与音乐有关的往事深深地怀旧，浮想联翩，不能自已。那种心潮澎湃的感觉，岂止是复苏，简直是亢奋。所有这一切，使我遏制不住回到钢琴边的渴望，决心在有条件时一定要买琴（当时分配与人合住一套公寓，一家三口只有一间房，根本没有空间放下一架琴）。这也是此次休病假的副产品。

转年，住房得到一些改善，终于有了独门独户的两居室，勉强可以挤下一架直立的琴，于是辗转托人，于1981年买到了一架在当时条件下算是不错的星海牌钢琴。房间当中摆下一张双人床后，一边的空间可以放一张三屉桌，另一边放钢琴，剩下的空间就只放得下一张椅子。陈乐民慨然同意把椅子让给我，放在钢琴那边，他用另一边的书桌时就坐在床沿。他那时开始恢复写字画画，80年代的字画就是坐在床沿上完成的。

如果从清华毕业算起，隔了30年；如果从维也纳租琴结束算起，也至少有22年与钢琴绝缘了。当时我的感觉犹如"睡美人"童话中的场景，沉睡了30年的人随着仙棒的点拨纷纷起舞，生活又延续下去。不过童话中的人青春常在，世界跟着他们停顿，好像什么都没有发生过，而我等凡人却历尽沧桑,似水流年永不复返。我的琴艺要恢复"历史最高水平",难矣哉!

刚买来新琴,既兴奋又沮丧,开始时好像什么都记不起来,手指都不听使唤了。彼时属于自己的琴谱早已成灰,唯一的一本是从小妹民筠处借来的《肖邦钢琴曲选》第一集。我就用这本谱子开始恢复。第一个阶段比预料的容易,犹如打开闸门以后,活水自然流淌出来,对以前熟悉的曲子比较快地恢复了感觉。这一集《肖邦》中没有那首我熟悉的《即兴幻想曲》,我试着从记忆中搜寻它,居然大致背着断断续续弹下来了,使我欣喜不已。这就像儿时背诗词一样,凭本能不知不觉背出来。不过当然是错漏不少,凡遇高难度技巧处,就只能偷工减料、蒙混过关,后来慢慢重点练习才逐渐克服,但也只能到一定程度。至今我弹任何"大"曲,总有几处是只能"混过去"的,技止于此,无可救药了。

不久,有机会到美国普林斯顿大学做一年访问学者。我练琴刚感到渐入佳境,不愿再中断。正好普大有艺术学院,在一座小楼里有许多练琴室,即使非本系的人,只要有普大的身份证，交5美元钥匙的押金，就可以登记每天一小时的时间，在指定的琴室自由出入了。琴都很旧，却是施坦威三角琴。这是我所能企盼到的最好条件，使我喜出望外。就这样，在普林斯顿的一年中，我除了在办公室和图书馆做研究外，每天下午5点到6点练琴，除非有特殊活动，几乎风雨无阻，真似回到清华园往返于宿舍、教室、图书馆、音乐室之间的生活了。这一年过得很愉快，各方面都很有收获，回来写成了一部有关中美关系史的专著，琴艺也大有长进。这两件事却是完全不相关的。

刚到美国不久，有一件事唤起了我青少年时期对数学与音乐的关系的遐想。从报上看到有一本获得1980年普利策奖的书，书名为《哥德尔、艾舍尔、巴赫——一条永恒的黄金辫带》（*Gödel, Escher, Bach: An Eternal Golden Braid*）。哥德尔是数学家，艾舍尔是建筑学家，把他们和音乐家巴赫编在一条辫子里，那不正是音乐和数学相结合吗？这引起我很大的好奇心，就决心买来一读。那本书很厚，价钱昂贵，以我当时的津贴是需要咬咬牙的。但是翻开一看，首先此书讲的不是意境，而是技术层面的，是以音阶与数学以及"立体派"的建筑说事。书里充满了图表、公式，以我的数学程度，读来如天书一般。想起学理科（空间物理）而又懂音乐的小妹民筠可能感兴趣，回去就把这本书送给了她，果然引起她很大的兴趣。她曾有意找人一起研究，并翻译出来，以后就搁下了。直到她去世之后，我偶然在网上发现此书的中译本，题为《哥德尔、艾舍尔、巴赫——集异璧之大成》，而碰巧主持翻译的马希文，是我小妹民筠的同学，据说15岁就考入北大数学力学系，有"数学神童"之称，而且和民筠一样，也是文理兼长。"文革"后期，他们从干校回京后，各自的专业教学都未恢复，却同时被调到北大"文艺宣传队"，马希文任乐队指挥，资民筠作曲、配音，民筠对他很钦佩，所以我常听她提起。改革开放以后马去了美国，不幸病逝。这本天书般的著作于1997年由商务印书馆出版，到我发现时竟然已出到第7版。此时民筠也已不在，虽然中文本我仍然啃不动，还是买下来留作纪念。这也是一段插曲，算是我青少年时不靠谱的遐想的回响。

《哥德尔、艾舍尔、巴赫——集异璧之大成》
英文版和中文版

在美国期间还有一件喜事是与老师刘金定重逢。杨富森先生在匹兹堡大学任教，他们就在匹兹堡安家。这么多年音讯不通，一旦联系上，大家都很兴奋。她请我圣诞节到她家里小住，十分热情地款待我。她家虽有一架钢琴，但久已不弹。她说刚到美国时十分艰苦，根本不可能以音乐谋生，于是又上大学学了图书馆管理。

1982年在匹兹堡刘金定家

乐魂复苏

我到她家时，她刚好从工作多年的图书馆退休，同事们给她开了欢送会。那几天只是话旧，很少涉及音乐。不过我还是在她的琴上弹了几次，居然还发现一本她曾经借给我的旧谱子，许多页已经脱落破碎，我用透明胶条一一仔细粘好。她很高兴，说她自己总想做这件事，但没有那么大耐心。由于是圣诞节假期，他们有许多朋友聚会的活动。我发现，来往的都是华人，说中国话，没有文化意义上的美国人。他们过节也很有意思，美国当然不在中国春节放假，他们就把春节挪到了圣诞节来合着过。我参加了他们平安夜的晚会，唱各种圣诞歌曲，刘先生伴奏，还让我也伴奏了几首。除此之外，那个假期基本上按中国的春节过。那几天亲朋好友来往很热闹，都是全家出动，轮流做东，一方面效美国方式，各自带来菜肴聚餐（美国人称"pot luck"），一方面还给小孩压岁钱，有的小孩子已经不会说中国话，但是拿红包很熟练。他们的娱乐还是打麻将，看来除了过节之外，平时也经常打，并且打得很认真、很投入。刘金定和朋友通电话，还讨论前一晚的牌局，说是有一张牌出错了，等等。这使我颇为惊奇，没想到他们来美这么多年，生活圈子、生活方式还是中国成分多于"西化"。

她带我出去逛街，最有意义的是去看了黑人民歌作曲家福斯特的雕像。我在中学时唱得最多的是《世界名曲101首》，其中许多耳熟能详的黑人歌曲是福斯特作曲的。原来他是匹兹堡人！见到他的雕像，真是惊喜。

1982年在作曲家福斯特雕像前

1982 年与刘金定合照

1982 年在匹兹堡与刘金定合照

有 琴 一 张

后来他们二位回国几次。第一次曾专程到家里探望我年逾八旬的父母，母亲高兴得不得了，在家准备了一大桌饭菜请他们。他们完全按中国规矩，执晚辈礼甚恭。刘先生还照老规矩，临别时留下给保姆的小费（我们早已没有这个习惯了）。还有一次，几个能找得到的过去的学生联合在四川饭店请他们二位聚会，我的两位师姐之一刘培

1985年与刘金定、华筠在祖家街家门口

荫来了，而朱起芸却已作古，没能再与刘先生见面。那一次是到的人最多的，张肖虎先生也来了。以后不记得刘先生是否还来过，但已不可能再聚起这么多人了。就是那一次，我想起《阳关三叠》，问张先生要琴谱，他不久后给我寄来一份手抄谱，我得以再次弹熟，背下来，成为终身的"保留节目"。

40 年后再相聚

2004年刘金定个人照片

左起：华筠、刘金定、张肖虎、作者

老乐友重聚也是"复苏"的一部分。有的是偶然巧遇，有的是主动相互联络。最早是茅沅得知我从干校回京后来家里看我。"文革"后重逢总有劫后余生之感。所幸他的经历尚属平稳，未受很大冲击，但至少相当长的时期无法进行创作。我问及他的作品情况，他苦笑着说："我们不是很幸福吗？不干活也有饭吃。"

最巧的是80年代初，我在住处的地下存车处推出自行车时，忽逢陈平也推着自行车，虽然时隔几十年，居然相逢立即相识，惊喜不已。原来他的住处与我只相隔几栋楼，我们共用同一片存车处！短短的谈话中，得知他当初的"右派"言论是主张多点搞业务的时间，少点各种会议，包括集体政治学习。后来"劳改"，"摘帽"，"改正"，"恢复工作"，又回人民音乐出版社，任副主编。交换地址后（那时家里都没有电话），有一天我下班后登门拜访，不巧他有事不在，他母亲得知我是清华老校友，分外热情接待，拉住我叙谈，足足谈了一小时，陈平仍未回家，我只得告辞。这里顺便讲一下陈平的家世，其中有一些是我在他晚年才从报刊发现的，那时他已老迈，很少出门，竟没有机会进一步向他了解细节。我们同学中都知道他出身名门，母亲在国外留过学，钢琴是专业之一，婚姻不幸，与丈夫离异，一直与陈平一起生活，仅此而已。陈平极少谈他家庭。后来才知道，他的外祖父就是民国名人张静江，而张的五个女儿也是当年名噪一时的才女，个个都有不凡的成就，而且经历都足够传奇。陈平的母亲是老三，自幼在美国和法国学习，所以精通两国外语，正式学过舞蹈和钢琴，都达到独奏、独舞水平。这足以解释陈平的音乐和外语修养的渊源。另外，她性格十分独立、坚强，鼎革之际，她已遭婚变，独自抚养两个儿子。她父亲从美国寄机票来要她出国，她自信能独立生活，不愿依赖父亲，把机票退回，留在了中国。刚好陈平考上清华，她就随儿子来北京，以自己的外文和钢琴谋生，曾在广播电台国际部任职；离职之后靠教钢琴为生，据说很受欢迎。她因父亲与孙中山的关系，是宋庆龄少数经常保持联系的挚友之一，但即使在儿子遭难，下放劳动，她连住房都成问题的危难之际，也绝不向宋求助。后来还是宋听说后主动为她申请到一套居室。所有这些，我见到她时还不知道，只感到这位老太太的确与众不同，十分健谈，也特别想找人谈，看来比较寂寞。她语速很快，中英文夹杂着说，看来习惯于用两种语言思想，这样表达最自然。事后我和陈平说："造访未遇，与令堂大人畅谈了一小时。"他苦笑摇摇头说："是她一人说了一小时吧？"

总之，从80年代中期开始，清华老乐友开始来往、串联。1991年，以清华大学八十周年校庆为契机，每年校庆聚会成为规律。此时清华已经有一支相当有水平的管弦乐队，因为现在可以招"特长生"，比我们那时凑起来的水平高多了。乐器配备整齐，排练也更正规。校庆前夕举行了正式的音乐会，张肖虎先生和茅沅都参加了，茅沅还以老指挥的身份指挥了他配器的《瑶族舞曲》。第二天"正日子"，又在音乐室举行了一场非正式的老乐友联欢会，我参加的是这一场。虽说非正式，却也是事先排好节目，一个个轮流上去表演的，报幕人是建筑系教授虞锦文，他是当年乐队的小提琴手之一。全赖他和其他几位老校友的积极张罗，这场别开生面的音乐会开得十分亲切、热烈，弹、唱、吹、拉都有，尽管都是业余水平。

有琴一张

我那天出的节目是肖邦的《摇篮曲》和《阳关三叠》。那天张肖虎先生因头天晚上已出席正式的音乐会,本不想再来,听说我将弹《阳关三叠》,特地为此而来,而且讲了话,谈他写此曲的立意,说结局不是悲伤的,而是怀有企盼的,还谈到他对刚去世的一位老友的怀念。我弹完后他就中途退场了,我追出去问他意见,他表示满意,只说第二段变奏可放慢些。这是40年来他第一次听我再弹,也是最后一次。直到他去世,我再无缘见到他。我在广播中常听到《阳关三叠》的合唱曲,却从来没有听到过这首钢琴曲,也未在专业音乐会的演奏节目中见到过。从张先生给我的谱子是手抄本来看,好像没有正式出版过。难道这么好听,改编得这么漂亮的一首钢琴曲就我一个演奏者,听众只有清华老校友?但愿是我孤陋寡闻,无论如何总不该就此埋没的。最近经过我的努力,人民音乐出版社有意出版此曲的单行本,我衷心企盼此事最后能成,庶几此曲可以进入教学和演奏的行列,了却我一桩心愿,也可告慰张先生于地下。

那次清华联欢会到结尾时,有一位看来比我们班次高许多的老大姐自动站出来，以美声女高音唱那首脍炙人口的电影插曲 *One Day When We Were Young*（《那一天我们正年轻》）。那是40年代风靡一时的美国电影《翠堤春晓》的插曲，电影以约翰·施特劳斯为主角，这首歌被当作他的作品。奥地利人对那部好莱坞电影颇不以为然，从来不承认那就是他们的施特劳斯，那首歌当然也非他所

清华80周年校庆音乐室前合影，前排中间为张肖虎

作。不过歌还是十分好听的，打动了几代青年学生。那位老大姐刚唱第一句，下面就和歌四起，大家唱得都很投入，很动情。只见一个个头发花白的老头高唱"you told me you loved me（你曾告诉我，你爱我）"，场景既动人又有趣，也许每个人心中都有一段故事。音乐的确能使人在怀旧中不知老之已至。

从那时以来，北京的清华老乐友每年都至少聚会一次。起初在茅沅家，他家是一所祖传的宽敞的四合院，院中海棠花每年春天盛开，正是聚会的好地方。后来几年是趁校庆返校时到住在清华园的童诗白教授家相聚。他比我们年长，是四五十年代的"海归"，我们在校学习时，他已是老师了，我们都称他为"童大师"。这种聚会开头几年还以音乐的弹、拉、唱为主，后来就越来越以聊天为主，弹奏次之。有时合唱几首怀旧歌曲，有时交流一些听到的好音乐会或乐曲，交换一些见闻、心得。一向对科研有兴趣的陈平一度致力于声波分析，"科学"地表现同一曲子不同演奏者奏出的效果优劣何在，以找出名家演奏的关键所在。他给大家展示过印在纸上的不同的声波图样，

在茅沅家海棠花下

是贝多芬《月光》奏鸣曲第一乐章前几小节不同演奏者的，其中有一张是某名家的，我忘记是谁了。他这一研究结果如何，不得而知。我至今不知道音乐界有没有这样一项研究，还是他别出心裁的独创。

20世纪90年代在童诗白家门口

20世纪90年代在童诗白家

20世纪90年代校庆在童诗白家

随着大家年事日增，体力或眼力衰退，坚持练琴也日益困难。有一位李致中老师，是比我们年长的，小提琴水平较高。他原来的专业是生物，我们在校时，他在清华心理系当助教。他生性耿直，从"三反"到"文革"，历次运动饱经磨难，失去公职，妻离子散，一度几乎衣食无着。80年代"落实政策"后，用其英文，在中华医学会的图书馆任编译以终老。我们聚会头两年，他琴艺不减当年。彼时他外表完全是一个北方"土"老头，审美情趣却十分精致而"洋"，不但对音乐如此，有时还打印一些英文的诗歌和艺术评论发给大家，大多是抒情、唯美的。后来几次拉琴，"歪脖子"有困难了，就放在腿下用拉大提琴的姿势拉小提琴，照样成曲调。他一直孑然一身，蜗居陋室，是我们这群人中最早去世的。这样一个人，才华出众，却一事无成。除了现在已经进入公众视野的一批知名大家的遭遇令人惋惜外，就以清华一校而言，这样被浪费、埋没的无名精英还不知有多少。

这种聚会已经是联系我和母校的唯一纽带，参加的人数有减无增。1991年12月，莫扎特逝世二百周年，茅沅、

大洋彼岸的琴缘

有琴一张

1992年，我又到美国做访问学者一年。这回不是在学校，而是在华盛顿的威尔逊研究中心，在市内自己租房而居，没有现成的钢琴，要想弹琴必须设法租一架。我问及美国友人，都不知华埠是否有此业务。于是我自己查电话簿的广告页，居然找到了租琴的琴行，离我住处较远。幸得热心的中国朋友驱车陪我前往。到后只见大厅里大大小小摆满了各色钢琴，以卖为主，标价出租的只有几架旧琴，看来美国这种业务不如当年的维也纳发达。一位中年女士负责接待。她正和一对先我而来的夫妇洽谈业务，知我来意后，就让我在几架出租的琴上先试弹挑选。我在试琴过程中瞥见一架音乐会用的超长三角琴，是名牌施坦威，心中痒痒，获得那位女士恩准，在上面大过其瘾，旁若无人，忘乎所以。待那女士送走前一位客人来接待我时，我已选定一架莫里森。另有一架雅马哈音色要好得多，但租金也贵些。我不想为此多花钱，过得去就算了。谁知那位女士对我说"我看你是一位认真的弹琴人，这架

1992年在华盛顿

莫里森不会使你满意的"，竟主动以同样的廉价租给我一架尚未标价的雅马哈。我喜出望外，可谓他乡遇知音。她自我介绍说，她除在琴行工作外还兼职教钢琴，所以听得出来我的程度。音乐沟通之力大矣哉！心里暖烘烘的。

但是紧接着，大煞风景的事就发生了，也是完全出乎我意料的。一个星期六的下午，钢琴送来了。我急不可待地弹起来。正当我沉醉于久别的乐趣中时，邻居忽然砸门，一个30岁上下的金发碧眼的小伙子，怒不可遏地向我挥拳大叫，说钢琴声使他不得安宁，如果我再弹一个音，他就要把我赶出去。那完全是大白天，我想试着与他沟通，商定一个他能接受的时间。谁知他根本拒绝对话，扬长而去。我试着不理他继续弹，他就继续砸门，绝不妥协。星期日大楼负责人不在，只有不管事的值班员。我无计可施，决定试试书面交涉。于是，给他写了一封信：

亲爱的邻居：
　　我搬进此楼时与经理言明我将搬来一架琴，经理表示此楼无不准弹琴的规定，只要不在半夜弹即可，因此你无权禁止我弹琴。但是鉴于隔音较差，为了对你照顾，我可自我约束在一定的时间内。现在我决定每天下午四时至晚上八时之间弹，时间不超过一小时。弹琴是我生活的一部分，我绝不会放弃，并且决心坚持维护我的权利。睦邻关系需要互谅互让，我已尽了最大的克制，并保证遵守诺言，也请你保证今后不再干扰我的安宁。

当晚，他从门底下塞进一封信：

亲爱的资女士（他大约从信箱上查到我的名字）：

> 你弹琴已构成对我的非法妨害（nuisance），使我无法工作、无法睡觉，也无法思想。明天我将同经理谈判以取得对你的立即驱逐（immediate eviction）。如不成，我将向华盛顿特区法院提出对你起诉，要求裁决你立即中止（injunction）弹琴，并对给我造成的情绪痛苦（emotional sufferings）给予金钱赔偿（monetary damages）。

括弧中的英文字全是法律术语，像真的似的。接到这样一封信，我实在啼笑皆非。这么荒唐的事，他真会做吗？法院会受理吗？这个国家真也难说。记得过去旁听过民事诉讼案，也确有邻居为猫狗吵架之类的小"案件"。果真为此事上法院，即便最后胜诉，这精力时间谁耗得起？而且岂不太滑稽？于是赶忙打电话向这里学法律的留学生朋友咨询，他们也说不准法院是否一定会受理，但说弹琴不是打大鼓，是在"合理"（reasonable）行为范围，是站得住理的。关键是房东的态度。我虽然住进来时就与住房经理言明我将弹琴，但是我是短期住户，这位青年已住了好几年，在住房业不景气的今天，房东会不会为了生意而牺牲我这外国人的利益？如此，我就将被迫搬家，再一次劳民伤财；或者放弃弹琴，白辜负那知音女士一片好心，还要蒙受经济损失。那是一个"长周末"，星期一也放假，经理要星期二才上班。我那几天为此心绪不宁，七上八下。如果说造成"情绪痛苦"，我才是受害者，该得到赔偿呢。

朋友们还给我出主意说，这里人欺软怕硬，必须坚持维护自己的合法权益，摆出要打官司奉陪到底的架势，他们认为我立即自动限制弹琴时间已经让步太快。假如经理竟然站在他一边，则应提出要房东赔偿搬家带来的一切损失。

于是，我又给大楼经理寄了一封信，调动了办外交的训练，软中带硬，有理有节。我先对此楼服务表示满意，说当初选中此楼，一是因为经理保证这里住的都是文明体面人士，二是可以弹琴。今遇此事，这年轻人的行为已构成对我的"骚扰"，请他保护我过平静生活的权利（签租合约中有这样一条，是房东和房客要共同遵守的）。我又说，我虽是外国人，但是是专门研究美国的，懂得美国法律（其实不见得），有许多美国朋友，其中有著名律师

（这是真的），果真要诉诸法律，我将坚决维护我的合法权益。但是弹琴居然得通过法庭，这个国家岂不太不可思议（这位经理是德国人，故云）？希望他能运用智慧，妥善解决此事。同时附去我与那个小伙子的通信原件。

这三天内我只好停止弹琴，免遭砸门之扰。过了一天，经理郑重其事地找我谈话，说已经请示过房东，认为此楼本不禁止弹琴，这是在"合理"范围内的声音，只要在"合理"时间内（例如不是半夜），就不能干涉；况有琴的不止我一人，不能歧视。他将找那个青年谈话，如果他再来捣乱，可以立即打电话告诉门房，必要时还可找警卫。他还告诉我这个年轻人是法律系学生，现在正在准备律师资格考试。这种考试竞争激烈，他自己把握不大，因此这些日子精神极度紧张，好像天要塌下来了。这个小伙子平时表现还好，他要让他为自己的无礼而向我道歉云云。经理还把那两封信复印下来存档。

这样，我的"护权"斗争以胜利而告终。后来果然与那位邻居相安无事，当然他也没有来道歉。日后我与人谈起，都作为笑料，但是当时却感到真是"焚琴煮鹤"，煞风景莫过于此。后来，我向一位资深律师朋友夏亨利谈起此事，并给他看那封充满法律术语的信。他看后大笑说，他当法律系学生时也写过这种炫耀术语的信去唬人。他还说："你给他看我的名片，我们的律师事务所和我的名字就可以镇他一下。"（他所在的是华盛顿数一数二的著名律师事务所，当年国务卿艾奇逊等人都曾是合伙人。）

还有一点小小的余波。有一次在大厅中遇到一位黑人妇女，她主动上来打招呼，说就住在我的房间楼下。那个小伙子曾经去联络她一同抗议我弹琴（搞统一战线！），被她拒绝。她表示自己喜爱古典音乐，我弹琴时刚好是她喝下午茶时，每听得上面琴声悠扬，就坐下来喝一杯茶，享受一番。以后我们每次见面都互致问候，十分友好。有时我因故或外出一连几天不弹，她还会注意到并问起。另一次，也是在大厅里，一个老头迎面走来问道："你就是在×××号房间弹琴的女士吗？"我心里犯嘀咕，以为又是抗议的。谁知他说："你弹得真好，我起初还以为是唱片呢，后来才听说有人对你大叫大嚷的事。"为表示对我的支持和同情，他说他屋里有一架三角琴也是雅马哈，欢迎我去弹。他是华盛顿大学建筑系教授，自己不弹钢琴，业余拉小提琴。我们还说几时合奏一下，但终因时间凑不到一起，未果。看来知音总是多于煞风景者。

这一年中还有一件愉快的事，无意中又结一段音乐缘，而且产生了一盘录音带。

著名"中国通"鲍大可（Doak Barnett）是我来美后早期结识的学术界朋友之一，通过他认识了他们一家。和很多早年的"中国通"一样，他们是传教士之后，一家人都与中国有渊源。他的长兄罗伯特·巴奈特（Robert Barnett）是老外交官，约翰逊政府时期曾任助理国务卿，一贯主张打开与中国的关系。与我结识时他已有80岁，不过还很轻健。与音乐有关的是，他拉大提琴。于是我们一见如故，成了忘年交。他的大提琴是20世纪30年代在上海学的，他自称从那时起就"爱上了中国，同时也爱上了音乐"，始终不渝。我觉得他怀旧，无意中把我当作了二者的象征。他夫人所在的一个公益组织与中国也有联系，从中国收养了不少孤儿。夫妇二人对我特别热情，不止一次请我到他们家去，他夫人开车来接我。我与他的大提琴合过几次，是维瓦尔第（Vivaldi）的作品，因为缺乏练习，效果不理想。我们戏称："同时开始，同时结束，就是成功。"我平时一个人练琴觉得总该有一个目标，于是就定了一个节目单，觉得练得差不多时自己录了一盘盒带。为感谢这位新相识的"老"朋友的款待，就复制了一盘送给他，也算是"秀才人情纸半张"吧。我用的就是平时做研究工作记录与人谈话的老式随身收录机和最便宜的盒带。

谁知这位老先生竟认真起来。有一天他来电话说："你弹得很好，但是录音带质量太差，录音机简直糟透了，你赶快去买最好的录音带，到我家来，用我的音响设备重新录一次，不然太可惜了。"并告诉我几个他方便的时间由我选。其口气是不容商量的，我只有恭敬不如从命。于是约好一天下午到他家，他把设备调好，向我交代清楚，告诉我可以不受干扰地爱录多久就录多久，然后就同夫人上楼去看电视了——那天有他们不能错过的网球比赛。他家的钢琴是立式雅马哈，也有些年头了，不过音色还是不错的。我在他家录了整整一下午（包括错了重来），终于录成一盘效果比原来大有改进的带子，大约

120分钟。老先生自告奋勇把带子留下来,按照我的要求为我复制了两盘,他留下一盘,把原件和另一盘还给我。这一切他都非常认真地做,令我感动。后来我自己又复制了几盘送人。节目内容如下:

1. 巴赫:《半音阶幻想曲与赋格》
2. 莫扎特:《主题与变奏》(选自《A大调奏鸣曲》)
3. 贝多芬:《热情》奏鸣曲(第一乐章)
4. 肖邦:《摇篮曲》
   《即兴幻想曲》
5. 柴可夫斯基:《十一月》(选自《四季》)
6. 李斯特:《安慰Ⅲ》
7. 鲁宾斯坦:《卡梅诺伊·奥斯特》(《石岛》)
8. 麦克道威尔:《女巫之舞》
9. 德彪西:《月光》
10. 贺绿汀:《牧童短笛》
11. 张肖虎:《阳关三叠》

这里面只有巴赫和肖邦的《即兴幻想曲》是与过去的独奏音乐会重叠的,其余都不一样。而且除两首外,多数都是看谱子的，所以中间还免不了翻页声。这里没有练习曲，没有协奏曲，连奏鸣曲也只有一个乐章，再弄出一台完整的音乐会已是"盛筵难再"。就是这一盘带子，自己再听时不是速度太慢就是错误太多，不忍卒听。在那以后，有几首似乎有些长进。本以为这是最后的纪念，没想到以后音乐生活还有后续。现在鲍氏兄弟早已作古，我与鲍大可的遗孀偶然还有联系。

有趣的是，我在华盛顿卜居在一幢公寓楼里，却发现茅沅的长女就住在同一幢楼里，她是学法律的，当时在一家律师事务所工作。以华盛顿特区之大，有多个市区，这种公寓楼不知有多少，偏这么巧！后来我去访问耶鲁大学，又经她介绍见到了住在附近的张肖虎先生的儿子和儿媳，虽是第一次见面，却十分亲切，他们在家里热情地招待了我。令人惊叹世界真小！他乡处处遇故知。现在连张先生的这位哲嗣也已作古。

那次做访问学者结束后，归国途中由东向西访问了几个城市，应邀在几家大学做了几场讲座，最后到加州，在那里又见到了刘金定夫妇。离第一次在美国重逢刚好10

年。那时杨富森先生已从匹兹堡大学退休，二人移居洛杉矶。碰巧杨先生正应邀在加州一座名叫"万佛城"的佛教中心讲学，他们约我到那里住了一天。那是一个很有意思的地方，牌楼、庙宇、矗立的佛像，与国内的佛教圣地无异。进入庙中不仅有香烟缭绕，不少身披袈裟、经过剃度的和尚来回走动，其中还有白肤碧眼的西方人（因为剃了光头，所以不知是否金发）。这是我第一次见到名副其实的"洋和尚"。他们请我在这"城"里的饭馆吃午饭，只有素食，和国内"功德林"之类的差不多，不过味道不算上乘。那里还有一栋栋平房住宅，是给外来的客人住的，刘先生夫妇就住在其中。住宅十分幽静，屋外一片相当大的园子，篱笆环绕，花木繁盛，又野趣盎然。刘先生说每天清晨都可在园中捡拾树上掉下来的核桃，进得屋里却是电气化、自动化设施一应俱全，比任何大城市毫不逊色。我笑说，住在这里面不成佛也成仙了。他们也有同感，可惜不能久居，讲学期满就得离去。我这次给刘先生的见面礼就是在巴奈特家录的那盘盒带。她显然由衷地高兴，饭后回到屋里专心静静地听，中间还示意杨先生不要说话。

这盘盒带的拷贝我还送过其他的几个朋友,但我想只有刘先生这样耐心、认真地从头听完。我在一旁更感到瑕疵明显,勾起少时回琴时的惴惴不安,等着她指出错误。但是没有,她听完后频频点头,说你能维持到现在真不容易,她的学生除了少数几个后来以音乐为专业的之外,其他人大多放弃了,连她自己也很少弹琴了。杨先生插话说,只有你还一直想着这位老师。实际上对我而言,儿时6年的受业赐予我的是终身的乐趣,是没齿难忘的。

1998年,我再有机会到洛杉矶,还到他们家里拜访过,那时他们已明显衰老,刘先生已经步履蹒跚。2000年《锦瑟无端》出版后,曾寄给刘先生一本,她特别高兴,要她的妹妹畅娴为她再买50本分送朋友,可惜那时出版社已经库存无多,凑不满这么多了。再后来,他们二位相继仙去,如今已是天人永隔。

几位熟悉的外国朋友知道我喜欢音乐,因此我在美国有机会被邀请听了几次难得的音乐会。其中之一是帕瓦罗蒂的演唱会。1982年我在美国当访问学者时,帕瓦罗蒂来华盛顿演出,一票难求,需要半年前就订,夏亨利特意早早订了票请我去听,而且是很好的座位。这是一场难忘的艺术享受,那时帕瓦罗蒂还当盛年。演出不但座无虚席,而且台上也坐了几排观众。帕瓦罗蒂谢幕时还不忘转身向背后台上的听众鞠躬,他对观众的确热情而周到。观众与歌唱家的互动,令人感动。

还有一次是1992年在华盛顿威尔逊中心的一次活动中见到当时的日本驻美公使川口顺子女士,随便交谈了几句。她主动与我交往,之后曾请我共进午餐。得知我们两人都爱好音乐,似乎更近了一步。有一次小泽征尔指挥的乐队来华盛顿演出,她给我送票,并开车约我同往。休息期间,她拉我一道到贵宾休息室,介绍我与小泽征尔见面握手。那种场合小泽当然在许多人包围中,但还是与我交谈了几分钟,很平易近人,表示自己非常热爱中国,以后还准备来中国演出,欢迎我再去听云云。我与川口顺子的交往完全是她主动,我对她印象很好,与我交往就是以学者对学者,没有外交官的官腔,也不涉及中日关系(那时候中日关系还没有现在那么多问题),我们交流很自然,但是我竟然没有想到要回请她一次。最后我在离开华盛顿前夕接到日本使馆为她离职举行告别招待会的邀请，显然我的名字是她提供的。可惜那个时间我已不在华府，只得给她回了一封礼节性的信，以后再没有联系。若干年后，发现她当了日本外相。我认为她如掌握日本外交政策，日中关系会比较好，可惜她任期不长，好像在这方面没有发挥什么影响。

在上海电视台过把瘾

有 琴 一 张

1994年应南京大学–约翰斯·霍普金斯大学中美文化研究中心之请,履行客座教授的职责,与陈乐民一道到那里讲了一学期的课。我向校方提出一个不情之请,希望解决我练琴的问题。南大没有音乐系,也无可练之琴。承蒙中心的负责人不惮其烦,经过一番努力,居然找到了南京师范大学音乐系的钢琴组主任,慨然允许我在她下课以后用她办公室的琴,并借给我一把钥匙。南师大就在中心的步行距离之内。这样,我在南京教课期间又重温每天下午5点提着琴谱仆仆奔走于去琴房路上的生活。

在南京可以收看到上海的电视节目。偶然发现上海东方台的《欢乐大世界》栏目中有一个被称作《让你过把瘾》的节目。观众可以申请过某一种职业生活的瘾,如获接受,电视台就负责做必要的联系和安排。我看到的节目有一个青年做临时记者,在市民中采访一整天,像真的一样;有一位业余摄影爱好者在寒冬季节到已经封山的黄山拍雪景;还有一名中学生要求过一番"空姐"的瘾,电视台真的取得中国国际航空公司的同意,安排她从地面训练开始,直到随一架国际航班上天,与空姐们一起服务。电视台拍了全过程。使我动心的一个节目是一位业余爱唱京戏的女士如愿以偿,与一位专业老生(名字忘了)像正式演出一样全副装扮,演了《四郎探母》中的一小段。我正好不久将有上海之行,于是心血来潮,给电视台写了一封信,做了简单的自我介绍,告诉他们到沪日期,要求与一位专业提琴家合奏一首小提琴与钢琴奏鸣曲,并列出三首曲目,请他们任择其一。

据了解,他们一天要收到上千封要求过各式各样瘾的信。我也是姑妄一试,不抱太大希望,却不意居然收到回信,被选中了。我猜大约我的年龄和身份引起了他们的兴趣。这种事原本是年轻人的花样,我已年逾花甲,这把年纪而发此童心,算是有点特殊性吧。他们办事雷厉风行,我到上海当晚,那档节目的导演和摄影师就来宾馆找我,三言两语就敲定了。不过那一次来不及安排,他们将负责找一位高水平的提琴家,另约时间,安排我专程为此来沪一次。第二天晚上,忽然又来了一位女士,她自我介绍是电视台的音乐编辑，向我直言："我们导演是对你这个人感兴趣，而我要为音乐负责，所以需要一位钢琴教授听听你弹。"我明白这意思是要考我一考，免得我自不量力，差得太远，到时候他们被动。这完全是合理的，说明他们节目的质量有一定标准，我欣然同意。她把我带到上海音乐学院退休钢琴教授盛茵老师家。她的年龄看来与我差不多，而我在她面前完全像小学生那样被考了一次。

我提出候选曲目是莫扎特的《C大调钢琴奏鸣曲》、《降B大调奏鸣曲》和贝多芬的《F大调奏鸣曲》（即《春天》）。盛教授就让我先弹了一遍莫扎特的C大调的第一乐章。我惊讶于她家的琴如此之旧，声音很闷，弹起来比平时加倍费劲，所以效果比较差。她态度非常客气、和蔼，听过后表示要直率指出我的问题，请不要介意。我多年来无人指点，有此机会求之不得，哪会介意呢。我印象最深的是她首先指出我用踏板太多，特别是莫扎特，应该是非常清爽、清秀的，基本上不需要用踏板。另外还有一些有关抑扬顿挫的细节，我本来以为差不多的，经她轻轻一点，自己也忽然感到处处是毛病，暴露无遗。

实际上,我养成多用踏板的坏习惯也是有意无意为掩盖错误和弱点的,却欲盖弥彰。在她这位经验丰富的教师的眼里,我当然是不入流的。我按照她的指点又弹一遍,似乎有所改进。接着她让我弹贝多芬的第一乐章,又进行了一番指点。我自己认为莫扎特的C大调是练得最熟,错误最少的,但是她认为还是选贝多芬的《春天》为好。她说非专业的弹莫扎特太难,像这种娱乐性的电视节目也不容易讨好观众。另一首莫扎特她认为不必试了。又听了一遍贝多芬,最后笑着说:"好吧,去过瘾吧!"就算通过了。我体会到她是认定我弹不好莫扎特的。我开头向她简单介绍我的弹琴经历,她对我因政治形势而中断了这么长时间颇为感慨。她的女儿在伦敦学钢琴,刚得了什么奖(我记不清了),陪我去的编辑向她祝贺,她说是赶上了好时候,不然她们不可能出去学习。她的先生姓林,是小提琴教授,她笑着告诉我,碰巧贝多芬的《春天》就是他们当年谈恋爱时经常合奏的。她婉转地对我说,你过去可能达到过一定水平,但是荒疏了这么久,就与原来自己想象的不一样了。这意思我心领神会,其实这点自知之明我是有的，从恢复弹琴以来，力不从心之感始终伴随着我。

回南京后过了几星期，果然接到通知，约定时间到上海，一切都安排妥当。他们已经请来上海音乐学院的提琴教授，同时是上海管弦乐队和上海青年管弦乐队的首席小提琴手何弦先生与我合奏，定在次日下午录像录音。我本以为事先还应该找时间合练一下，并且也希望能得到一些指点，但是何先生太忙，只有在录音之前练几遍了。不过当天下午我有机会试一试第二天要弹的那架三角琴。那是一架国产琴，镜头专门照到那个牌子，看样子电视台这个节目也是顺便为那架琴做广告。第二天如约见到何弦先生。他是一位中年人，很谦和，与我这业余的合作完全没有居高临下的神气。我们只需要奏第一乐章的一部分。一开始合，出乎意料地顺利。大约是因为我与清华乐友已合过多次，问题只在技巧不逮，合作的默契倒是已经掌握的。现在与高手合作，开头钢琴伴奏提琴主旋律一出现，就与平时自娱的感觉大不相同，精神为之一振，很快被带入境界。其间在关键的地方他对强弱、速度给予一些指点和纠正，只练了一遍半就开始录像了。录了完整的两遍，然后再从中选一段比较好的。这不是音乐节目,重在参与,前面有一些铺垫,包括练习的情景,后面还有简短的采访,留给演奏的时间就不多了,实际还不到半个完整的乐章,编辑巧妙地剪掉了中间一段,外行看不出来。何先生还是很认真,他带了演奏服来,在与我练习时穿便服,到正式演奏时换上演奏服,放映出来就像是两次不同的时间。我却无此准备,好在女士服装无一定之规,过得去就行了。这倒更显出他是专业的,我不过是业余的。

演奏结束后,还有一段简单的采访。主持人第一个问题就是问我过瘾不。我说真的很过瘾,与这样高水平的提琴家合奏,机会对我来说是绝无仅有的。我还说感谢何先生的宽容,我知道一个这样的专业音乐家听我这种人弹,一定处处都是毛病,挺难受的,能这样迁就,令我感激,同时我也获益良多。另外我说进一步体会到专业与业余的距离,这是难以逾越的。这些都是我真心的感受,没有半字虚言。轮到何弦谈感受时,他说今天的合作出乎他意料地好,他原认为一个国际问题专家(这是电视台介绍我的头衔)不会有那么多时间练琴,没想到合得那么顺利。他还说我弹得十分投入,把他也带到了音乐中去云云。看来他说的也不完全是客套话。可惜电视台播放这一节目时我已离开南京,当时北京家里的电视收不到上海台,效果如何我不得而知。只是电视台应我的要求为我复制了一盘可在家庭录像机上放映的带子留作纪念,成为我款待有兴趣的客人的保留节目。

衰年余兴

有琴一张

2008年，乐民离我而去，我在悼亡诗中有一句，"賸得琴书不自怜"。从此以琴书为伴。2009年春，为出版乐民的书画文集（后取名《一脉文心》），请三联书店的老友来家小聚，选了一些乐民的书画展示，供他们判断。同时作为报答，我举行了一个小小的演奏会，尽当时所能，弹了几首曲子。

2010年，我80岁生日，承蒙原美国所的同事何迪热心，为我办了一次聚会。一方面，以此为契机，举行了一个研讨会，主题是"启蒙与中国社会转型"，邀请了不少高水平的学者参加，后来以我主编的名义，把会上发言稿结集出了一本书，颇受欢迎。我的主题发言就是后来流传较广的《知识分子对道统的承载与失落》。研讨会后，作为余兴，举行了一场演奏会，以我为主，大家凑热闹。我的9岁的外孙女和张毅的8岁的女儿都参加演奏。党史专家章百家也献艺，弹了一组克莱德曼的曲子。除了我独奏几曲外，还应我的要求，何迪请了一位芭蕾舞团的职业小提琴手与我合奏了钢琴与小提琴奏鸣曲——贝多芬《春天》的第一乐章和莫扎特降B大调的第二、第三乐章。这样的结合纯粹是根据我当时对这几个乐章的熟练程度而为。我从上次过瘾多年后又能找到人合奏,还是专业提琴手,再过一次瘾。那次生日真是过得很愉快。

2010年80岁生日

有琴一张

在靳凯华老师家受教

我以钢琴自娱,都是随兴而为,不再对自己有什么要求。不意过了80岁之后有两件事激励我,又认真地练起琴来,居然还上了一层楼。当然要恢复"历史最高水平"是不可能了,不过又结交了一些新朋友,平添了许多乐趣。

2012年的一天,忽然接到天津靳凯华教授的电话。靳凯华是我小妹民筠的小学同学,也是大妹华筠的好友,她幼时也曾从刘金定学钢琴,天赋很高,后来考入天津音乐学院附中,直到从音乐学院钢琴系毕业。她本来已是一级演奏员,却不幸摔了一跤,伤了手臂,从此难以做高难度的演出，就以教钢琴为业，成为名师，并且是天津文化艺术活动的积极推动者。她说，天津滨海高新技术开发区创办"国际非职业钢琴比赛"，每三年一届，第一届已经于2009年举办，很成功。那次她就想约我，没有及时联系上，错过了时机。这次希望我报名。比赛按年龄段分四个组，我当然属于"老年组"。我大为惊讶，就凭我？国际比赛？尽管是"非职业"，那也难以想象。但是她竭力鼓励我试试，并告诉我第一届老年组的冠军是一位84岁的老大姐，比我当时还大两岁。比赛的要求是弹两首曲子，加起来不超过11分钟，而且两首曲子的作者要属于不同的时代（例如一首是巴赫的，另一首就不能再是古典时代的，而要是浪漫时代或现代的），必须背下来，不能看谱子。程序是第一轮海选，要求报名者提交录像（不是录音），寄到各国评委那里，最后各年龄组分别选中若干名进入决赛，择日到天津赛场现场比赛。我在她一再怂恿之下，就同意试试，借此逼迫自己认真地、完整地练一练也好。从我熟悉的、能完整背下来的有限曲目中要挑选两首不超过11分钟而又分属不同时代的曲子，颇令我犯难。最后选定李斯特的《安慰Ⅲ》（浪漫时代）和张肖虎的《阳关三叠》（现代）。后者是我最驾轻就熟的，但是凑在一起却超时一分半钟。靳凯华建议《阳关三叠》（主题与三段变奏）可以略去一段变奏，附加说明，并且在录像中再弹一次全曲，供评委参考。我就照办了。为了取得良好的录音效果，我请在电台供职的朋友刘颖帮忙，借了一个录音棚，她找熟悉的录音师给我录了一个光盘，寄到了天津，由他们处理。

此事过去几个月，我早已淡忘，原来就不曾指望进入决赛。谁知到了一个夏日，又接天津通知，某月某日到天津参加决赛。这真是赶着鸭子上架！于是，我在刘颖陪同下，如期到了天津，入住指定的宾馆。发现安排相当正规，住处离赛场琴房很近，赛前有两天时间熟悉比赛用的琴，每人大约能轮到两三次，各一小时。这是十分重要的。因为每架琴都有其个性，特别是我这种业余水平、没有经验的，遇到陌生琴很容易出错，甚至卡壳。我取得主办方谅解，尽量争取多一些练琴的时间，只要琴房有空就去练。参赛者最小的是4岁，最大的是82岁（我），分四个年龄组。45岁以上都算老年，原来应该再分一个"中老年组"，但是据说45岁到60岁之间找不到人。实际上老年组除一位不到50岁的之外，都在65岁以上。我发现，号称"国际比赛"，实际参赛的大多是中国人，有少数几个亚洲国家的，从美国来的也是华人。只有一名白皮肤的欧洲孩子。而评委却是真正国际的，阵容蔚为壮观，有来自日本、美国、俄罗斯、德国、澳大利亚、加拿大等国的，多为音乐学院钢琴教授。评委会主席是著名钢琴家周广仁先生。评委是主办方邀请的，而且有报酬，而参赛者的费用是自理的。大概欧美的业余爱好者不会自己掏钱，千里迢迢跑来参加这样一项比赛，如果有他们，特别是欧洲人参加，那我们大概胜出的机会就很少了。

比赛每个组一天，我们那个老年组有17人，抽签排次序，我排在下午。其余时间我抽空去听了其他几个组的演奏，发现后生可畏，水平最高的是第二组，11岁至17岁，也就是中学生。既然是"非职业"，当然是普通中学，而不是音乐学院附中的学生，但是曲目的难度和演奏水平几乎可达到专业程度，而且上台从容不迫，看来不乏表演经验。据靳凯华说，国内这种赛事和表演机会不少，这些孩子（包括小学生那一组）由家长带着走南闯北到处赶场，是很有经验的。而且有些家长很在乎得奖，上一届未得奖的家长甚至有上告的。我认为既然是"非职业"的，就应以自娱为主，可是国人现在功利心太切，这一赛事也不能幸免。这些少年大概可以凭此一技作为"特长生"升学。但是以后的专业如果与音乐无关，十之八九就会荒废。第三组（18岁至45岁）水平就差些。真正作为业余爱好，乐此不疲的是我这一代人，所以老年组只能找到65岁以上的选手。这是我从观察中悟出的国情。儿童组最后获一等奖的是一名8岁的男孩，脚还够不着踏板，但已经程度不浅，技巧娴熟。

又是一次无心插柳，我竟然得了老年组的一等奖！二等奖一名，三等奖两人并列，其中一人不到70岁，其他两人都超过70岁。我听他们弹，程度都挺深的，看得出是有功底的。这种比赛当然有一定偶然性。总之我捧了一个水晶石的奖杯回来，特别重。最后一天颁奖典礼在天津开发区大剧院音乐厅举行，颁奖后举行音乐会，援例前半场各组的冠军上台做汇报演出，我弹《阳关三叠》。后半场正式的节目是三位评委的钢琴演奏和专业演唱家的声乐表演。表演独奏的评委一位来自德国，一位来自美国，来自莫斯科音乐学院的钢琴教授为两位歌唱家伴奏。他们的演奏确实十分精彩，与业余的不可同日而语。唱歌也是高水平的。比较引人注目的是来自美国的评委茅为蕙，碰巧她是茅于轼的侄女（再次发现这个世界真小！），不过她生长在美国，英文比中文流利多了。她先弹了两首中国曲子，然后弹了三首阿根廷舞曲，热情奔放到手舞足蹈的地步。最后一个别开生面的节目是三架钢琴的十四手联弹。茅为蕙教授在短短的几天中不知何时训练了三个组的六位参赛选手（老年组除外），她自己带着两个儿童组的小朋友在一架钢琴上合奏。一共七个人，七双手一起在三架钢琴上弹舒伯特的《军队进行曲》。茅教授以丰富的表情和大幅度的手势连弹带指挥，七双手配合得天衣无缝，整齐无误，声势浩大，一曲终了引起全场沸腾。尽管那首曲子拆成四手联弹，技术上并不难，但是短短几天内能练得这样整齐，令我对茅教授和那几位小朋友刮目相看。

2012年参加天津国际非职业钢琴比赛，与评委合影

我以为在天津的比赛是我弹琴的最后高潮了，得这样一个奖也算曲终奏雅。谁知转年又有一番光景，竟与一位小朋友合开了相当正式的演奏会。起因是音乐史家毛宇宽与其子毛翔宇（上海音乐学院钢琴系教授）合著了一套关于音乐家逸事的书，要我写推荐语印在腰封上。此类事我本来很少接受，但是毛夫人是我的好友冯钟璞（即作家宗璞）的夫君蔡仲德的学生（中央音乐学院附中），辗转通过钟璞找到我，于是我就同意了。为此事，毛翔宇光临我家。他无意中见到我的琴上放着贝多芬的钢琴与小提琴奏鸣曲的琴谱，很惊讶。我告以我以前经常与清华乐友合奏，可惜现在故人凋零，再无搭档了。当然专业提琴家是无暇陪我玩的。他说他认识一名提琴拉得很好的小朋友石阳，可以介绍与我合奏。

不久，他真的带了石阳和他的母亲何为来我家，他们常住上海，有时来京。石阳整整小我71岁，生于日本，3岁开始学琴，随父母到上海定居，从名师学习，自己又喜爱，果然出手不凡，音色饱满，技巧娴熟，而且似乎很有合奏的经验，能主动配合。我们两人第一次合，就相当顺利。何为建议我们合开一次音乐会，石阳小小年纪已经登台多次，而我却从未有过此想。总之，既然他们认为可以，就决定进行，一切具体安排都由何为操办。我们确定两首合奏曲目，除贝多芬的《春天》外，还有一首莫扎特的《降B大调钢琴与小提琴奏鸣曲》，也是我熟悉的。另外各自再独奏两首，再准备两首返场的，就凑成一台了。以后趁他们来京、我去上海之便，合练过六七次。其中几次有毛翔宇老师在旁指导，主要是指导我。他本人是优秀演奏家，同时又是非常敬业的钢琴老师。出乎我意料的是，他不嫌我老朽，真的像对学生一样严格要求（"严格"是我的感受，也许在他已是十分宽容了）。自刘金定以后，我从未再有第二个老师。恢复弹琴后完全跟着感觉走，遇到太难的拦路虎就蒙混过关。如今毛老师"耳朵不揉沙子"，一一揪出来，耐心纠正、指导。我原来自以为差不多的，却发现差很多，几乎每一段都有大小毛病多处。他也像过去刘金定一样，在我的琴谱上用铅笔密密麻麻做了许多记号，提醒注意。有的快速处我总是容易混乱，他教我换一种指法，果然顺利多了。

总之，我没想到在耄耋之年有幸遇到这样一位良师，如此不厌其烦地谆谆指教，恍然又似回到半个多世纪之前坐在刘老师旁的情景。后来据何为和旁人介绍，毛老师的确是以认真严格著称，我感到他除了本能的敬业热心之外，还对音乐有一种神圣感，不容亵渎，大概听到错误、杂音很难忍受。他对我可算是有教无类。在他调教之下，我果然有些长进，似乎开了点窍，而且纠正了常年不自觉的错误和坏习惯，但是有的地方则是力不从心，无论如何达不到要求了。这种受教本身在我也是一种享受。

与我合奏的石阳洵是后生可畏，我们的音乐会无以名之，我就起名为《冬天与春天的对话》。在他们安排下，竟开了三场，依次在中央音乐学院小礼堂、苏州博物馆和上海东方艺术中心。当然是不卖票的，全是亲朋好友前来捧场。每场也还有几百人。北京的以我的朋友为主，上海的多数是他们的朋友，而苏州的则是博物馆的一项公益活动。这几次音乐会听众都是朋友、熟人，念我高龄加业余，精神上鼓励有加，当然听众对于琴艺绝对宽容。

2013 年在中央音乐学院

2013 年在上海东方艺术中心

中央音乐学院那一场对我最有意义。我本人是第一次踏入这座殿堂,而我的许多故人都与它有关联。我的两位师姐,朱起芸和刘培荫都曾执教于此,可惜朱起芸英年早逝,刘培荫则远在挪威。那天出席的有刘金定的弟弟刘畅标(他原是西安音乐学院的钢琴教授,现退休),几十年没有联系的黄佩莹、黄珺莹姐妹——近半个世纪前,她们还是小学生时就曾出席我的独奏会,佩莹还短暂地当过刘金定的学生,后来她们都毕业于中央音乐学院,成为优秀的钢琴教师。儿时她们是我大妹华筠的玩伴。这次会后,我和华筠应邀在珺莹家与她们姐妹重聚首,并共进晚餐,一起话当年,恍如昨日,又如隔世。当时绝没有想到转年华筠就去世了。书至此,想起袁枚《祭妹文》中句:"虽年光倒流,儿时可再,而亦无与为证印者矣!"

第二年,又有一个机会:也是通过靳凯华,天津开发区请我去做两个讲座,同时还在大剧院进行一场演出。曲目是两支独奏曲子,加贝多芬的《春天》。这回有幸与一位专业演奏家合作,她是某交响乐团的小提琴副首席。为此,她还特意来北京与我预习一次。我那次天津之行还应一家民办图书馆的邀请做一次讲座，所以在几天之内做了三场讲座和一场演出，而且演出与其中一场讲座是在同一时间段——讲完休息后即演出。结果虽未出现明显的纰漏，但自我感觉效果不好。想到过去京剧的名角在演出前为酝酿情绪是不见人的，我实在太大意了，演出和讲座是不应该排在一起的。

2015年夏，因天津爆炸一事与靳凯华通电话询问其安危，还好她在市的另一端，未受影响。她告诉我，第三届国际非职业钢琴比赛刚好在爆炸前一天结束，总算幸运。她还说这次老年组找不到能背着弹的选手，只好放宽要求，55岁以上的可以看谱子弹。我私心忽然有一种满足感，我还能背得出几首！于是自己试着重练过去背过的曲目，达到完整地背下的有11首。尽管有的过去也有过录音，还是决心再留下完整的录像，算是自己最后一场"自说自话"的独奏会，犹如毕业生的汇报演出。我给它取的标题是：《衰年自考钢琴独奏》。

录像中保留的曲目是：

1. 肖邦：《夜曲》，降E大调
2. 肖邦：《摇篮曲》
3. 肖邦：《即兴幻想曲》，升c小调
4. 李斯特：《安慰Ⅲ》
5. 辛丁：《春潮》
6. 麦克道威尔：《女巫之舞》
7. 柴可夫斯基：《十一月——在马车上》
8. 鲁宾斯坦：《石岛》
9. 贝多芬：《热情》奏鸣曲第一乐章
10. 张肖虎：《阳关三叠》
11. 巴达杰沃斯卡：《少女的祈祷》

（主要是10首，最后一首是饶的，就算是返场。）

有人问我为什么选这几首，无他，我现在能完整地背着弹的只有这几首。这次还是请刘颖帮忙，找人来家里录像。本以为有个比较在行的，用一架普通录像机，至少比手机拍的强些就可以了，谁知她找了一个专业团队，带了各种器材来，有负责调光录像的，有负责录音以及剪辑的。我家里与录音棚不同，四壁都是书和杂物，当然光线和音响效果不理想。他们却以高度敬业的精神，一遍一遍

2017年在家录《衰年自考》光盘

地调光、调音,努力达到最佳效果。而在正式录时,我却比上台还紧张,不断地出错,每一首都要重录好几遍。这11首一共录了4个下午。最后还是问题多多,辜负了录制者的精益求精。不过总算趁自己还记得住、弹得动,留下了最后的记录。以后恐怕只能有退无进了。

我请他们复制了一些光盘送给亲朋好友,不过大概有耐心从头听完的不多。对真正的音乐爱好者来说,它是达不到欣赏的目的的;而对音乐没有兴趣的更难以卒听,只是留作纪念而已。其实把自己的著作送人何尝不是如此，大概很少人从头读完的。有些"发烧友"，自己不玩任何乐器，却对各种演奏家演绎名曲解析得头头是道，而且还熟悉各种版本。当然我这种"乱弹琴"在他们是无法入耳的。相对说来，我反而不怕专业人士听，因为他们深知练乐器的艰苦，也见过各种程度的学生，当然不会以专业水平要求我，而且有时还能得到指点。除了毛老师之外，我从靳凯华那里也得到不少帮助。

前面提到，如今北京的清华乐友只剩茅沅和我，没有想到，上海却有一个相当可观的清华校友艺术团，弹拉吹唱，西乐、民乐，以及作曲，人才济济，而且经常聚会，很活跃。退休后的各届毕业生都有，年龄大约比我小10岁到20岁。我因天津那次比赛结识来自上海的选手陈陈，她就是这个清华艺术团的成员。我2016年夏访沪，通过陈陈联系，参加了部分艺术团员的活动。年底又有沪上之行，参加了大小三次这个艺术团的活动，包括一次大型的庆祝新年的联欢会，竟有40多人参加，节目丰富多彩，过得非常开心。此类组织和活动完全是自愿的，端赖热心的校友张罗安排和大多数人的积极性。上海有这么多清华校友能维持这样持续的对音乐的兴趣和热情，令人钦羡。我相信北京的中老年清华校友中不乏人才和音乐爱好者，可惜没有组织起来。

随感二则——不算乐评

有琴一张

我基本上不写乐评，因为我不是鉴赏家，听音乐、自己弹，都是随兴。一共只写过两篇，都是自己的切身体会。一篇是写弹不好莫扎特有感，那是在上海为过把瘾，接受盛茵教授的评判，体会到莫扎特的意境和表现他的作品难在何处。另一篇就题为《弹不好有感》，实在弹什么都弹不好。对鉴赏家来说，一般都忽视技巧，视为当然，只看感情和表现方式。当然，只有技巧，和练杂技一样，是不足取的。但是我深知，对练乐器来说，技巧是基础，如果不达到炉火纯青的地步，表现什么乐感都是力不从心的。所以我在欣赏钢琴大家的演奏会时，常常会赞叹，他（她）该经过多少艰苦的练习啊！这是我与"发烧友"们听音乐不同的角度。

随感二则——不算乐评

留得天籁在人间

——弹不好莫扎特有感

1991年12月，莫扎特逝世二百周年，几个清华老校友、老乐友相约凑热闹，在我家聚会，几把小提琴加一架钢琴，轮流合奏和独奏莫扎特，自得其乐。某君感叹道，人到渐入老境时适宜弹（拉）莫扎特，似乎这时才品出点味道来。话一出口就引起大家共鸣。但是又都觉得对业余者来说，莫扎特太难了，不在于技巧，恰恰就在于这味道难以表达。

莫扎特英年早逝，自己从未老过，他的作品又都是那么明朗、清澈，并无老气横秋或迟暮之思——至少那几首奏鸣曲是如此。那么这种不约而同的感觉是从何而来呢？要把这难以言喻的感觉形诸文字并不比演奏出他作品的味道来更容易。难以掌握的是那既含蓄、典雅，又玲珑剔透的风格——主旋律都是最简单的，随口可以哼出来，和声是最古典规范的，似乎没有什么令人望而生畏的高难度的技巧要求，但是每一个音符都水清见底，容不得半点含

有琴一张

混。我弹莫扎特时常感到像与一个天真无邪的孩子对话，他对你无限信赖，把心事向你娓娓道来，期待你的全部理解和同情，因此弹错一个音符就有欺骗了孩子，辜负了他的信任之感；又像是面对一片洁白晶莹的冰雪，每弹错一点如同滴上一个污点，玷污了这无瑕的圣洁。很少有大起大落的强弱对比，却差不多每一句都有渐强渐弱的曲线，而且连音、跳音、附点、休止……要求极为细腻、考究，不能蒙混过去；很少有可以炫耀技巧，博得彩声的华彩乐章，却要求演奏如行云，如流水，无丝毫滞碍。作曲家给人的感觉不是在"作"曲，而是心声的自然流淌，那么演奏者也应该不是有意识地在弹奏，而是摆脱了任何技巧负担和技术性的考虑，凭感觉让音乐自然流出来。但是这又是建立在严格的规范和分寸感之上的，缓、急、轻、重，抑、扬、顿、挫，处处要求适度，略一夸张就嫌媚俗，稍有不及则又平淡无味，简直是添一分嫌肥，减一分嫌瘦。少不更事、血气方刚时无法体会其微妙之处，及至有了一点体会，技巧修养不到炉火纯青的地步势难掌握，凭这点业余的功力如何办得到？

随感二则——不算乐评

莫扎特短暂的一生曾享受过辉煌的荣光，但更多的是坎坷和忧患。他以旷世之才、病弱之身，不得不经常仆仆于德、奥、意、法之间，觅食于王公、主教之门，却知音难逢，常遭白眼甚至凌辱，也饱受同行的妒忌和排挤，历尽世态炎凉和不公，最后在贫病交加中耗尽心力。他逝世前一年给他妻子的信中曾写道："如果人们能看透我的心，我几乎要感到羞耻——一切都是冷的，冰冰凉。"他告别世界的那个天寒地冻的风雪之夜正象征着他所感受的这个世界的冷酷。但是这种感觉并没有被带进他的音乐。论者说莫扎特性格充满矛盾："既宽厚又尖刻，既天真又世故，时而兴致盎然，时而陷入深深的忧郁。"我觉得他的音乐所表现的更多是这几对矛盾的前者而不是后者，大约因为前者是他的本性，后者是后来的生活强加给他的。我们听到的是惠风和畅，清泉汩汩，较少哀怨凄苦之音。在那里是一片纯真，与浑浊的俗世无缘。似乎作曲家心中充满对生命的热爱和期待，有那么多美妙绝伦的旋律，那么多变化多端的和声，容不下人世间的种种邪恶和争斗。跟着他进入这美妙的境界，也就可以忘俗，可以忘忧，甚至可以忘年。

莫扎特的父亲曾批评他好走极端，"总是非过即不及，从不取中间"，这大概是指处事，他的音乐风格却正好相反：虽说是天真无邪，但又淡雅、蕴藉，所以不能浅尝。他没有贝多芬的满腔悲愤的怒吼，或是热情奔放、一泻千里的气势；也不大有浪漫主义时期的作品那种多愁善感，煽情的篇章。也许是历尽人间愁苦，不再"为赋新词强说愁"，那种"哀而不伤，乐而不淫"的优雅、从容却与东方的审美观有相通之处。

曾听一位长者说过，他端详弘一法师的书法，有时会感动得落泪。我不懂书法，看弘一法师的字时只觉得端庄清癯，与时下已经用滥了的"龙飞凤舞""遒劲""潇洒"之类的词不相干，在扑面而来的书卷气之中是淡泊、宁静、安详，用心看去可以消除杂念，但是如何能让人感动落泪呢？及至有一天我在弹莫扎特的《降B大调钢琴与小提琴奏鸣曲》时忽有所悟。这是我情有独钟，十几年来经常弹而又总也弹不好的一首曲子。我对此曲的偏爱固然有主观因素，因为大学时代就弹过，常引起锦瑟华年之思。但是客观地说，这首奏鸣曲的确美不胜收，三个乐章都臻于完美境界，各有极优美的主旋律，标准规范的结构和节奏，却又通篇浑然一体，功力贯穿到最后一个音符，使我每次不到终曲不罢手。（我觉得，即使是乐圣之作，也并不一定每一首奏鸣曲所有的乐章都同样精彩，往往后面的乐章实现不了第一乐章所诱发的期待，使人有虎头蛇尾之感，所以有些著名的奏鸣曲脍炙人口的也就是一两个乐章。）这与弘一法师的书法似乎风马牛不相及，为何有此联想，我也说不清。倒还不是因为出家前的李叔同在他多方面的才华之中也以音乐著名，而且还写了至今传唱的动人心弦的歌曲。这位稀世的才子在俗时又曾是激情满怀的革新家，由于对理想的执着追求，对生活、对自己奉行的原则极度认真而常有惊世骇俗之举。最后遁入空门的真正原因连他最亲密的朋友也不甚明了，但总是非常之人行非常之事吧。我隐约觉得这是与他超常的天赋和极为强烈而无处寄托的精神追求相一致的。我从莫扎特这首奏鸣曲中所感受到的正是那深藏于端庄、宁静、安详之中的至情至性。特别是第二乐章，那荡气回肠的主旋律在钢琴和小

有琴一张

提琴对答中浅吟低唱，包含着多少对爱的追求，对美的向往！同时又是那样不露锋芒，留有余地。风格还是莫扎特特有的澄澈晶莹，顺乎天然，略无斧凿痕、烟火气。当然莫扎特与弘一法师没有可比性，我所悟到的是这种恬淡到极致的境界有时确有催人泪下的力量。

那音乐又常使人想起中欧一带明媚秀丽的湖光山色。一方风土养一方人物，也养一方艺术。中国的烟霞泉石、奇峰险崖、苍松翠竹产生了国之瑰宝——神韵独具的水墨山水画。欧洲，特别是中欧的旖旎风光却孕育出了人类文化中的一枝奇葩——西洋古典音乐。我有幸在音乐之都维也纳住过几年，也游历了周围一些国土如德、匈、瑞士、捷克，深感那一带的风光有它独特的和谐、妩媚。春、夏、秋、冬四时分明，而又少酷暑、严寒；到处是绿草如茵，青山绿水，也有常年积雪的山巅，却少怪石嶙峋的崇山峻岭，更无穷山恶水，或粗犷辽阔的草原、沙漠。乡间的欧式小桥流水人家与我国的风格迥异，那掩映于绿树丛中的精致的农舍常使人想起格林童话。莫扎特的故乡萨尔茨堡就是一处风景胜地，其实那山水林木并无奇特之处，但是错落有致,有一种说不出的清新的美,令人心旷神怡,既得幽谷之趣,又不是远离人间的旷野荒郊。不知怎的,遨游其中心中就会响起那些熟悉的曲调,觉得与大自然如此和谐一致。降生于此,钟天地之灵秀而为神童也是很自然的。

关于莫扎特的电影已有不少,近年来一部美国电影 *Amadeus*(《莫扎特传》)是比较有名的。一开始出场的少年莫扎特是一个不时粗声狂笑,疯闹着追女孩子搞恶作剧的顽童,而且常在大庭广众之下失态,离我心目中那个天真烂漫、清秀优雅的形象远矣,实在难以接受。但是再看下去,却感到这部电影表现莫扎特的超凡的天才确有独到之处。天才往往带点神经质,不能以常人视之。电影的精彩处在于表现莫扎特一坐到钢琴前立即与琴连成一体的神态,乐曲自然而然从手指间流淌出来,平凡的素材经他略一加工就点石成金。对这个音乐神童来说,作曲就相当于普通儿童玩心爱的游戏,从中得到无限乐趣,一旦投入,忘乎所以;又像是他生来心中就孕育着无数美好的乐曲,等待着破壳而出。他完全是听从心声而弹、而写。电影中那个一心想置莫扎特于死地的宫廷乐师本也是个相当杰出的音乐家，但是他一见莫扎特就敏感地意识到，在这耀眼的天才的光芒照射下，自己只能永远黯然无光。这说明他有眼力，也可谓知音。只不过这慧眼引向了邪恶，妒火中烧。不论这个故事的生活依据如何，电影成功地表现了莫扎特后期在种种世俗的压力下心力交瘁而谱曲不懈，实际是把生命一点一滴化作音乐，"春蚕到死丝方尽"，留得天籁在人间。

中国和希腊神话中都有"谪仙"之说——某位神仙触怒了天帝被谪到人间受苦，待劫数满后再召回。天上若果真曾有乐仙被谪到下界，莫扎特其庶几欤？

（首发于1994年《爱乐》）

弹不好有感

尽管钢琴给了我这么大的乐趣，丰富了我的生活，说到底，我对音乐基本上还是门外汉，尤其不是鉴赏家。至今，听一场音乐会的享受还是多半凭直觉。达到同样高度的指挥或演奏家，可以以其不同的风格给我同样的享受，同样使我感动，当然有时我对它有特殊期待的曲目则例外。所以我不能写乐评。在近年来读过的谈音乐欣赏的文章中，我最欣赏也最钦佩辛丰年的。我觉得在非专业人士中，他是深得乐中三昧的，是用心去感受的。这种文章常能引起我的共鸣，又总能对我有所启迪，诱发我去听那些曲子的欲望。至于当前伴随着高科技而发展起来的在"发烧友"中流行的版本学，对我来说始终是另一门学问，离我欣赏音乐的角度很远。

我对一首乐曲比较深的理解还是从自己弹奏，更确切地说是从弹不好的切身体会而来。上海盛茵教授讲弹奏莫扎特的要求，短短几句话对我启发很大，特别是她说业余的不适合弹（指表演）莫扎特，更使我深思。回家后把

有琴一张

我自以为弹熟了的几首莫扎特都认真练起来,果真发现处处是坎,无论如何达不到那种境界,弹了几十年忽然有所悟。于是写了《留得天籁在人间——弹不好莫扎特有感》一文,集中了我对莫扎特的感受,首发于《爱乐》。有一位钢琴家读到后许为"都是内行话"。这几乎是我唯一的一篇完整的关于音乐的文章。这篇文章引来了不少爱乐者的反响,也引来许多稿约,我却没有这个心思和灵感了。现在又想起一些平时的杂感,不称其为乐评,就写在这里。

首先从"弹不好"说起。我岂止是莫扎特弹不好,其实什么也弹不好。最根本的原因是缺乏基本功,对一首乐曲体会再到位也是力不从心。我觉得尽管技巧不能代替乐感,但是只有完全摆脱了技巧负担,乐感才出得来。这似乎是常识问题,然而非个中人不一定有此体会。对于这一点,我在"复苏"后感受最深,因为此时对乐曲本身的理解远比年轻时深,而技艺却已退化,表达时的力不从心就更为突出。近年来,我国少年儿童学钢琴和提琴之风劲吹,涌现出许多可以登台的非常出色的小演奏者,而且年龄越来越小。在听他们演奏时，惊叹这些孩子技巧娴熟、无懈可击之余，往往感到一种不满足，有时窃想，我如有这样的技巧，这里、那里会比他（她）表达得充分些。但是我知道再怎么练也不会达到这些小孩子的程度，因而连他们能表达的我也表达不出来。意识到这点常使我怅然若失。不仅是难度较大的乐曲如此，就是那轻松愉快的圆舞曲，我能流畅地弹下来的也很少。单是貌似简单的左手三拍，没有一定的功夫，要按标准速度一按一个准就很难。记得当年学琴时遇到左手问题想混过去，刘先生就布置功课，要我在一星期内只练一支华尔兹的左手，每天一百遍，然后才许练其他，这才把那看似简单的舞曲拿下来。在"轻松愉快"的背后是看不见的长期枯燥的重复。所以我每次赞叹那些在技巧王国中早已取得自由的大师的演出时，常会想到他们为达到这一境界当初经历过怎样的艰辛。每念及此，敬意倍增。即便是自娱，所能得到的乐趣也是与基本功成正比的。我的怅然来自基本功的缺乏；而我现在还能享受到一份自得其乐，也要感谢当年刘先生训练的这点"童子功"的残余。

有 琴 一 张

每当有人笼统地问我在自己弹过的作品中最喜欢哪一个作曲家时，我总是回答"贝多芬"。肖邦当然也令我神往，但是我还是认为贝多芬是无可替代的集大成者。自巴赫以降，几个世纪中群星灿烂（这里只限于弹钢琴曲），各放异彩，而我认为贝多芬还是其中最大、最亮，照耀最远的一颗星。如果比之于风景，有的风格如静止庄严的教堂，有的如明媚的湖光山色，有的如清澈的幽咽流泉，有的如粗犷的原始森林，还有"大珠小珠落玉盘"。这些在贝多芬那里也都可以找到，而贝多芬首先让人想到的是大海，那种包容一切、深不可测，那种汹涌澎湃、奔腾咆哮、震撼天地的气势，旷世无第二人。那三首我戏称之为"老三篇"的奏鸣曲——《月光》《悲怆》《热情》可以为代表。《月光》的第三乐章，还有《热情》的第一乐章的结尾部分，《第五钢琴协奏曲》（皇帝）的开头华彩部分，等等，都以不同的方式喷发出非凡的雷霆万钧之力，真可以惊天地而泣鬼神。同时，其强弱、缓急的对比度极大，静如处子，动如脱兔。旋律又是非常优美，和声都很规范、和谐，不以怪异突兀取胜。我在谈莫扎特一文中说莫扎特那含蓄典雅、玲珑剔透,特别要求分寸适度,添一分嫌肥,减一分嫌瘦,修养不到炉火纯青的地步万难掌握。而弹贝多芬,我首先感到的是力气不够。恰恰是那种气势怎么也表达不出来,总是显得自己内涵贫乏,苍白渺小。记得有一次弹《热情》第一乐章,自己也动了真格的,越弹越激动,到结束时竟至心率异常,感到一颗心几乎要跳出膛,幸好我还没有心脏病,否则真会发生危险。其他作曲家从未引起我这样的激动。

当然不是说贝多芬的唯一特点就是大气磅礴。他也可以非常沉静,非常抒情,甚至非常俏皮。还以"老三篇"为例,《悲怆》的第二乐章可以独立成章,有点像"折子戏"常在非正式场合单独演奏。它不但雅俗共赏,而且东西咸宜,因为那"如歌"的主旋律也很合东方人的口味。它是那样抒情而引人入胜,但是绝不流于肤浅的多愁善感,如温德这样的古典派绝不会以贬柴可夫斯基的词来形容它的。《月光》的第二乐章则极尽其调皮之能事。一般对这一乐章的诠释以及老师的引导总是让人想象月光下小精灵跳舞,我也受这种先入为主的影响,经常联

有 琴 一 张

想起一幅带翅膀的小仙子在月光下、花丛中跳来跳去的图画，活泼、调皮，超越世俗的忧患。贝多芬不止一次用错拍、跳跃的手法表现这种境界。例如《春天》奏鸣曲的第三乐章也是用钢琴与小提琴错拍的手法，使这一短乐章十分活泼而不安分，充满青春的生机。在弹这两章时，我很难和经常见到的贝多芬的愤怒而心事重重的标准头像联系起来。就静谧、优雅而言，当然要数人所共知的《月光》第一乐章，关于这一乐章下面还要提到。还有《第五钢琴协奏曲》（皇帝）的第二乐章，作为从辉煌雄伟的第一乐章到风急雨骤的第三乐章的过渡，它是那样闲适、恬静、柔美，远离喧嚣的尘世，使疲惫的身心在这里得到片刻憩息，放松到几乎坠入梦乡，然后又为急促的战鼓所唤醒，重新踏上马不停蹄的征途。这就是贝多芬。他把对比度的运用发挥到极致，表达其无比的深邃、无比的博大、无比的丰富、无穷的力量。对我这个业余者来说，只有望洋兴叹、高山仰止了。

提到的这"老三篇"都有标题，其实标题是后加的。有了标题，就把人的想象引入某种定式。记得70年代刚刚

随感二则——不算乐评

开始与西方有一些文化交流时,江青忽然带头大批特批"无标题音乐"。我至今弄不明白,即便按他们的标准,为什么无标题就比有标题更"反动"。其实用乐器演奏的音乐,除了切实模仿某种声音,例如流水、鸟鸣,不论加以什么标题,本质上都是表达一种情绪和境界,给听者留有很大的凭主观诠释的余地。根据古典音乐的传统,有标题音乐比无标题似乎低一等,大约是"一说便俗",音乐应该是"忘言"的。以被冠以《月光》的奏鸣曲为例,那个贝多芬夜遇盲女在月光下弹琴的美丽的故事流传甚广,我在小学课本里就读到过,自然深受影响,从此这首乐曲在我心目中总摆脱不了月夜的氛围。特别是第一乐章舒缓、开阔、翘首云天,与"海上生明月,天涯共此时"的意境简直吻合得天衣无缝。直到有一次一部苏联电影打破了我这想当然的联想。那是50年代初在我国很出名的苏联电影《夏伯阳》中的一个场景:一名白军的老勤务兵因其弟弟(也在同一军中服役)犯军纪被长官下令处死,他一向极为驯服,此事唤起了他的仇恨,起了杀机。银幕上,那位军官在弹钢琴,弹的就是《月光》第一乐章,老兵在他身后用脚擦地板，跟着音乐节奏动作，手握匕首，犹豫不决。那位军官的琴声就成为他心潮起伏的伴奏，到他的杀心达于最高潮时，电影响起了管弦乐，配合钢琴用一浪高一浪的渐强音奏出同样的旋律，取得惊心动魄的效果。这使我大开眼界。我从来没有想到过《月光》奏鸣曲第一乐章可以和杀机联系起来，而且照样合拍。可能这也是一种反讽手法，能有这样创意的俄国艺术家必定才气过人。反过来也说明从音乐中得到的体验有很大的主观性，很难用标题来限定人的想象。这一幕电影音乐使我铭刻于心，终生难忘。

说到《月光》，相隔一百年之后还有另一首以此命名的著名钢琴曲，就是法国作曲家德彪西的《月光》。德彪西的创作生涯处于世纪之交，他在音乐史上的地位是现代派的开山鼻祖。他从法国的印象派绘画那里汲取了灵感，开创了新的音乐语言，成为音乐的印象派，以乐状物、以乐状景。所以每一首曲必然是有标题的，而且是标题先行。因此他的《月光》就是写月光，不容做他想，这是与古典浪漫派不同的。但同样引起美感，有独特的魅力，与当代充满噪音而无旋律的音乐很不相同。这可能是我能欣赏的最"现代"的音乐了。《月光》的确很美,那月亮不是从海上冉冉升起,而是洒在寂寞庭院的寒光,或者是如镜的湖面中映出的倒影。静极,纯极。特别是中间稍快而活泼起来的一段,左手流畅的琶音总是使我想起"月华如水"。东西、古今,以声、以词表达同样的意境竟都如此贴切,人类的智慧和审美如此相通,使我因敬畏而震颤。可是煞风景的是,我恰恰就是这段琶音弹不流畅,总有窒碍,那"如水"的境界就大打折扣,徒呼奈何!

我的《弹不好有感》还可以絮絮叨叨说下去,例如巴赫、肖邦、李斯特、拉赫玛尼诺夫,都令我动心,也令我苦恼。不过此时恐怕茶已淡如白水,茗边的读者对这种老话已兴味索然,就此打住吧。

(首发于2000年《锦瑟无端》)

《有琴一张》再版后记

《有琴一张》初版于2017年，那年我87岁，出了一张《衰年自考》光盘，以为值得一写的音乐生活就此画上句号。如今5年过去了，我已进入"90后"，没有想到在此几年中我的音乐生活不减反增，而且结识了许多专业名家，不但进一步受益、受教，开阔眼界，而且扩大了朋友圈，斗室中增加欢声笑语。在专家面前，我一贯虚心求教，他们也不弃我老朽，平等相待，坦诚指教。加以这几

2017年《有琴一张》初版发布会

年囿于主客观原因，文字工作日益减退，弹琴和音乐在生活中占比重增加，似乎又有新的体会和长进，这也助我泰然应对各种境遇而自得其乐。今趁再版之机，将有关近况补记，如下。

关于张肖虎先生二三事续记

《阳关三叠》钢琴谱正式出版

如前面提到的，我一直认为张肖虎对中国音乐发展的贡献没有得到应有的承认，心中不平。但我并非他的入室弟子，了解情况不够多，能做的甚少。有一件与我有关的事，一直戚戚于怀，就是《阳关三叠》钢琴谱一直没有正式出版，也没有进入公开表演的节目单。（《阳关三叠》钢琴曲的来龙去脉，前文已有介绍，此处不赘述。）我手中一份珍贵的手抄本复印件，在我身后不知将落于何处。过去10多年来，我会同茅沅一直致力推动其正式出版，苦于不得其门而入。一次偶然与靳凯华提起，她介绍我与人民音乐出版社的一位黄先生联系，黄先生竟对此很热心，通过他与负责出版的编辑接上关系。但对时下的领导来说，张先生名声不够显赫，这样一部作品也不会有市场效应，即使张先生的继承人和我作为原稿提供者都声明放弃一切经济权益，我自愿提供一切必要的协助，但为争取批准立项颇费周折。个中细节不必赘言，最终皇天不负有心人，人民音乐出版社于2017年正式出版了单行本，装帧排版都颇精致，扉页还印有"谨以此谱献上对张肖虎先生的深切缅怀"字样。总算功德圆满，了却我一桩心愿。在整个过程中，我与责任编辑李晓蓓打交道最多，她出于

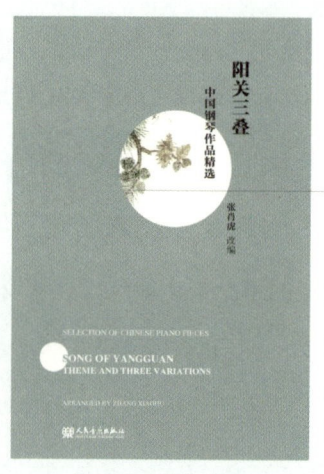

《阳关三叠》出版

对音乐前辈的尊重，对出版这一作品的意义有所理解，从而采取积极、耐心的态度，最终达到的成果应该有她一功劳。

张先生遗作正式捐赠清华图书馆

2018年5月22日，在清华大学图书馆举行了张肖虎先生音乐文献捐赠仪式。张先生的独子前几年已作古，唯一健在的后人儿媳朱小苗女士作为捐赠方，清华图书馆馆长邓景康出面接受捐赠。

清华方面出席的有：

邓景康：图书馆馆长，教师合唱团团长
赵　洪：艺术教育中心主任
唐　杰：校友总会秘书长
童庆钧：音乐图书馆负责人，教师合唱团副团长
袁　欣：图书馆特藏部主任（仪式主持人）

茅沅和我，作为在北京仅存的清华老乐友，张先生（未入室）弟子，应邀与会，见证了这一时刻。

2018年在张肖虎音乐文献捐赠仪式现场

　　此事策划已有一段时候，因朱小苗是耶鲁大学教授，常住美国，她正式委托茅沅为张肖虎遗作及有关资料的代理人。几方面的人于共同方便的时间凑在一起很不容易。终于约定时间，朱小苗专程回国，得以完成此事。张先生的遗作终于有了安顿之处，以后还可以陆续发挥作用，我们都感到欣慰。仪式后，自由座谈，我们回忆张先生的事迹，校方介绍清华的艺术教育、图书馆的有关方面的工作

《有琴一张》再版后记

和今后规划，我颇有收获。

张肖虎先生的音乐贡献是多方面的：作曲家、音乐理论家、音乐教育家，以及音乐活动的组织者，对融合中西音乐的探索，以及普及音乐，都有开创性的成就。也许正因为他涉及的方面广而杂，反而名声不彰。而且他以育人为主，编写教材，还组织各种活动，要做的事很多，对出版作品、推广演出等等，并不在意。

茅沅对张先生的了解比我多，做了比较详细的介绍。有许多事是我以前不知道的，在此再做补充。综合起来，张先生自幼爱好音乐文艺，有天赋，学过不止一种乐器。为谋生考虑，上了清华土木工程系，但是毕业后却一直做与音乐有关的工作（这恰巧与后来的茅沅一样），先在清华任音乐助教，后参加并组建军乐队、合唱团，等等。抗战开始，他因需要奉养母亲，回到天津，同时悄悄把部分乐器运到天津租界，得免落入日寇之手。复员后又运回清华。日占时期，他依托天津租界，开展了多方面的音乐活动。除教钢琴外，在天津工商学院教音乐，组建了工商学院的管弦乐队。在很长一段时间内，这支乐队一直是天津唯一的中国人组成的乐队，也是全中国第一支完全由中国人组成的管弦乐队（上海交响乐队当然更早，但主要由洋人组成）。我在天津上中学时，就知道有工商学院管弦乐队，却不知道是张先生所创建的。抗战期间，他还写了《苏武牧羊》交响诗，并与人合作写了《木兰从军》歌剧，其用心不言而喻。为了使《木兰从军》的歌词精益求精，曾请在北平的俞平伯先生修改。俞先生也尽心尽力，应其要求一次次修改。可惜当时的环境不允许，歌剧终于没有上演，但是他组织并指挥合唱团演唱《木兰从军》的歌，我还被召去伴奏过。当时我只觉得非常好听，却不知道这是从歌剧中来的。

40年代末，他重返清华创建音乐室，重组军乐队，并组建了清华管弦乐队。这支全由师生业余爱好者组成的乐队，水平参差不齐，但也是当时北平唯一的一支管弦乐队。燕京大学有高水平的音乐系，却没有乐队。在他的努力下，请了钢琴、提琴、声乐的专业老师来音乐室任教，中外籍都有，学生都是课余自愿来学，没有学分，但是非常踊跃，培养出不少人才。

《有琴一张》再版后记

据茅沅说，张先生的一个心愿就是以音乐室为基础，在清华创立正式的音乐系。1949年北平和平解放后，清华重新开学，还没有校长，由叶企孙先生任教务长，暂时负责。张先生就拉着茅沅（作为学生代表）去找叶企孙先生请愿，要求他批准成立音乐系。叶先生苦笑说："我只是过渡时期临时代管，没有这个权力，如果我能决定，一天成立一个系都可以。"此事遂作罢。后来张先生看在清华事无可为，就离开了。先后任职于北师大、中国音乐学院，对音乐教育做出自己的贡献。同时还创作不断。中国少数几个大型舞剧之一的《宝莲灯》是比较知名的，尽管近年来较少演出。但是整个舞剧的作曲是张肖虎，大概很少人知道了，连我也是后来才知道的。其工作鲜为人知，大体如此。他作古以后留下许多作品、手稿，以及未整理的原始资料。朱小苗不是从事音乐专业的，感到就此淹没十分可惜，所以有捐赠清华之举。

在图书馆座谈中得知今日之清华，业余的艺术活动已有相当人的规模，乐队的水平也今非昔比（有特长生）。校领导对艺术教育日益重视。有了专门的"艺教部"。音乐、艺术方面开了正式的选修课，不像我们当年只能在音乐室作为课余爱好来学。图书馆专设"特藏部"，"音乐图书馆"正在筹建中。张先生的捐赠也引来其他著名音乐家的家属的捐赠。以清华雄厚的实力，只要有心，办成全国数一数二的音乐资料、图书档案馆，当是可以期望的。我提出的建议是，希望这些赠品不仅是供人参观的博物馆馆藏，而是利用方今先进的技术手段，尽量整理成可以供后人借阅、学习、研究、欣赏的资料，以便音乐家的创作和思想得以传承。以《阳关三叠》为例，我之所以锲而不舍要争取此曲得以正式出版，就是不要让它在自己这样一个业余爱好者的手里成为绝响，而是进入正式教学、专家演奏的渠道，得以让高水平的演奏版本被推广、传播。

座谈会后，袁欣女士善解人意，得知我对清华老图书馆的感情，陪茅沅和我到旧图书馆走一圈。几十年后旧地重游，风物依旧。阅览室一排排桌椅完全是老样子，不过据说已经是完全按原样新造的。当年我每天一下课就先放一本书在一个固定的位子，算是占位，晚饭后再去。陪同

2018年在清华老图书馆阅览室

人建议我们再坐在桌旁留影,重温学生梦。

我印象最深的走路不出声的软木塞地板,早已经不起岁月的磨损,换了大理石砖了。不过进入书库,那淡绿色磨玻璃的地板还在,仰望二层楼还是玻璃天花板,只是颜色已经暗淡,现在基本上呈灰色,有些地方还可依稀看出一点当年的绿色。又想起当年毕业班以写毕业论文为名,就有权进书库那种"登堂入室"的自豪感。据说现在学生已不准进书库了，只有教师能凭证入内。想想也是，我在校时全校只有弟子三千，毕业班进书库的多为文科生，最多一二百人，研究生人数可忽略不计。以现在的在校生包括研究生、博士生，无论定出怎样严格的规矩，这小小的书库都是绝对招架不住的。何况现在一切手段都电子化了，进书库查书的必要性也大大降低。

书库靠窗的走廊还摆放着桌椅，供人查阅抄写。有一套桌椅编号209，是当年杨绛先生当研究生时常用的，上面还有她的照片。（据解释，实际上当年杨绛用的是202号，但找不到了，这是找到的最接近202号的座位。）出来时，图书馆已经拿出馆藏的我的著作预备签名，发现有的还是我的朋友捐给他们的。我允诺他们还没有的，回来后补赠齐全。

感谢清华图书馆提供了这样一个温馨的下午。朱小苗、茅沉和我也都为张先生的遗作有这样一个安排而感到安心。归来时正值下班高峰，穿过大半个北京城，回家之路照例奇堵，在夕照下慢慢爬行的出租车里打了一个盹，好心情丝毫未受影响。

邂逅中西古琴

2017年有两次不寻常的巧遇：在三个月中参加了一次中国古琴的雅集，得以见识八张宋、元、明古琴的演奏，又有难得的机会亲见西洋小提琴稀世名琴斯特拉迪瓦里（Stradivari）的展示和演奏，这种机遇是毕生难逢的。我一个外行、圈外人，却机缘凑巧，在一年中遇上了，幸何如之！趁着记忆犹新，书以志之。

"十琴存古"雅集

2017年6月初，我接到邀请，参加一次古琴雅集。原以为只是一场普通的古琴演奏晚会，却成为毕生难得一遇的古典美的享受，而且大开眼界。

这次雅集名为"十琴存古"，是纪念著名古琴家管平湖先生诞辰120周年的系列活动之一，在一间名为"君馨阁"的茶室举办。桌椅、装饰当然都是传统中式的，典雅而朴素。主办单位有一长串，不外乎有关传统文化和古琴音乐的组织，我无法一一复述。主办人中我唯一认识的是著名作曲家王立平先生，他的作品和名字众人皆知，不必介绍，弘扬民族音乐也是他多年来致力的领域之一。令我惊讶的是，他进得门来，与朋友一一寒暄后，首先带领大家参观十张古琴。宋琴五、元琴一、明琴四，齐齐躺在一张木床上，中间还有一张是当代名家制作的琴，若不经指出，也难分辨。更重要的是，这几张琴不是作为古董供参观的，而是要轮流上场供演奏的。真正的千年古琴在这里发声，而且还有十张之多，这种机遇竟无意中落到了我头上，何等幸运！据王立平先生说，他本人在音乐生涯中最多遇到过五张古琴同时出现，如今十张同时出现，在他也还是第一次，所以一再强调，这次机会实在太宝贵了。我一个行外之人，忽然逢此盛会，倍感荣幸。后来知道，这张放琴的木床也有来历，名为"福山寿海，天地同春"，是月洞式门罩花梨架子床，为晚明家具珍品，清庆亲王府旧藏，是王府的婚床，其价值相当于五张宋琴之和。

我不免好奇，问这些琴是哪里来的。原来都是私人收藏，为支持这次活动而临时出借，全国各地、天南地北

《有琴一张》再版后记

都有，有的主人自己抱琴坐飞机送过来，演奏结束后将立即收回。这千年、百年的珍品，历尽兴亡、沧桑，转辗易手、保护、收藏，定有许多传奇故事。不知是否有人挖掘出来，整理成书。单是这次雅集，藏家慨然出借这无价之宝，一定也有不少动人的情节。我非业界人士，主办方、演奏者与收藏家想必也是惺惺惜惺惺，有特殊的渊源。

主要演奏者是青年古琴演奏家乔珊女士。她身材瘦长，面貌清雅，抱琴而立，或是坐着弹奏，都可以入画。主持人陈逸墨先生介绍说她是管平湖先生的再传弟子。除了两首曲子由另外两人弹奏外，她包揽了全部曲目，其中有几首伴以吟唱。每弹一首，就换一张琴。十张古琴中只有两张明朝的琴因干裂需要修复而未出场，反倒是五张宋琴全部完好，适宜弹奏。

开头第一首是李白的《关山月》，琴是北宋的，名"落花流水"。每张琴都有名字，但是我没记住。这首曲同时伴以吟唱，尽管是女声，却低沉浑厚，一声"明月出天山，苍茫云海间。长风几万里，吹度玉门关……"，立即把人带进那种遥远苍凉的意境。其他伴以吟唱的几首是：唐婉的《钗头凤》、蔡文姬的《胡笳十八拍》（第一拍）、《阳关三叠》（歌词中的一节）。最后当主持人报出《阳关三叠》时，我精神为之一振。这回聆听古琴弹古曲，别有一番体会。

乔珊女士弹奏的还有《流水》——《高山流水》本是一支曲子，后来分成了《高山》和《流水》两首单独的乐曲。我印象较深的是《广陵散》，此曲有不止一个版本，据说她这次弹的是管平湖版。事实上这是我第一次当面见证有人完整地弹奏。此曲用的是那张当代人制作的琴，据介绍是钢丝弦，我感到音色比较亮，听起来更加铿锵有力。听着琴声，未免发思古之幽情。嵇康临刑弹完《广陵散》之后毁琴，《广陵散》从此绝矣！实际上曲并未绝，还是传了下来——是否还是当年原调，当然已不可考。但是那一代人的风骨，而今安在？真的从此绝矣！曲目中唯一的今人作曲的是王立平先生为87版《红楼梦》电视剧作的《葬花吟》，现在也可列入经典了。

此外，主持人，也是古琴家陈逸墨先生弹奏《樵歌》；一位这次慨然借琴的收藏家的女儿，着古装，在自家的宋琴上演奏阮籍的《酒狂》。

我对此道是外行，与这个圈子也很陌生。这回是一次惊喜，也是一次学习。原来不知道还存在这样一群古琴爱好者，热心执着地探索、保存、发扬这一几近失传的国之瑰宝！我知道现在有不少年轻人学习古筝，也成为一种时尚，音乐会上时有古筝演奏的节目，有时一些集会活动，乃至茶馆、酒楼也有古筝演奏助兴。但是古琴不同，音色没有那么华丽、明亮，而是内敛、缓慢，甚至有些沉闷。弹者和听者必须在非常安静的环境中屏息、静心，然后进入境界。古人弹琴是在雅室之内，与二三知己，一壶茶、一炉香，互相倾诉，体会琴声所表达的心曲或弦外之音。它本不属于表演艺术。但是现在已开始进入当众表演，还常有古琴演奏会。在这浮躁、熙攘的时代，古琴竟然还能有一席之地，实属难能可贵。此次雅集，听众也就二三十人，已经显得比较热闹，达不到那种静谧的境界。特别是有人不断照相，杂以"咔嚓"之声，颇煞风景。不过对我来说，实在是难得的幸会。曲终人散时，人们纷纷互相合影，我却赶紧请人为我与那几张千年古琴合影留念。会前见到十张，会后只有八张，另外两张琴想必完成任务后立即"回家"了。

"斯特拉迪瓦里"名琴之夜

没想到，两个多月之后，忽然有机会见识了小提琴稀世名琴的展示。

那次活动是耶鲁北京中心与耶鲁北京校友会联合举办的，名为"斯特拉迪瓦里"名琴之夜。顾名思义，主题就是展示著名的意大利弦乐器制作大师斯特拉迪瓦里（Antonio Stradivari，1644—1737）制作的小提琴（为简便起见，以下简称S琴、S大师）。

斯氏是最著名的意大利弦乐器制作巨匠。据说他一生制作了1166把乐器，其中小提琴有960把，流传至今还在供人演奏的有450—512把。出自他手的乐器享有世界公认的最高荣誉，无出其右。

与上次古琴雅集不一样，晚会气氛很活跃，听众的组成也不同。开场主持人是一位美国年轻人,Shawn Moore,中国名字是莫灵风,中文相当流利,本人是小提琴专业出身,现有多重身份:耶鲁北京校友会音乐总监、南京艺术学院客座教授、北大附中特聘驻校音乐家等。最后一个身份令我惊讶,一家中学竟还有一位特聘的外籍"驻校音乐家",北大附中真令人刮目相看!他简单介绍了当晚活动的内容,主要是一位乐器专家主讲,介绍以S琴为主的小提琴历史和特点,然后由一位小提琴演奏家在几把名琴上表演示范,让听众欣赏各琴的特色。那两位主角连同要出展的琴因故迟到。在等待他们期间,莫先生用自己带来的琴为大家拉了一曲《梁祝》。

主讲人柯林·马基(Colin Maki),原国籍不详,现居美国。据介绍,他是当今世界顶级的乐器专家。本人原来也是专业小提琴手,后改行研究和收集乐器,曾在乐器行担任销售经理,在拍卖行任高级专家,目前在纽约独立经营一家与乐器有关的咨询机构。这次他亲自带来——或可以称"护送来"——S大师1722年亲手制作的稀世名琴,连同另外三把名琴一道展示。他主要从收藏家的角度讲小提琴发展的沿革和制作的知识；用图表展示S大师各个年代制作的琴，以及能够追踪到的它们历代辗转于各著名演奏家或名门望族手中的轨迹；还列举了S琴转手的年月和家族、提琴家的姓氏，后来转到无名者手中就不可考了。现在又到了他这位古董商（姑且这样称他）手中。原来只在欧美流转，20世纪七八十年代到了亚洲，先到日本，然后到韩国，现在市场已经到了中国，而且发展很快。这里有两个因素，一是音乐知识的普及，另一是经济的发展。也就是有财力的人同时对小提琴有兴趣。

与中国古琴是私人家传收藏不同，这些名琴已从家族走向市场。据称现在最贵的名琴市价超过千万美元。既然有价，就免不了会有假冒。马基先生讲话中相当长的部分是讲解如何用科学方法分辨古琴的真伪，并且用图表说明。作为完全无知者，我算是接受了一次科普教育：琴的不同部分是用不同的木料制作的，这木料只来自三种树，琴面用枫树，另一部位用云杉木，第三种树名我没有听清。每一种树有一定的成长周期，显示不同的纹理——比我们通常所理解的"年轮"要复杂得多。其产地和年代都是可以用科学方法检验出来的，甚至有的琴从琴身可以推测出其木料来自某年某地的树。假如那里的植物没有遭到破坏，还可以找到制作某琴的那棵百年老树。另外还有制作的工具、手法等，都有讲究。有了这种鉴定的办法，很难作假。当然，琴并不是越古就越好，近现代也有名家，制出极佳的珍品。这次展出的四把琴中有一把就是当代名家制作的。（如前面讲到的，那次中国古琴展中也有一把当代名家制作的琴。）

下一个节目就是示范演奏了。一位中国籍青年女提琴家登场。她名叫黎雨荷，属于90后，留学巴黎和柏林，得过多种国际大奖，是上升的新星，已进入国内著名青年小提琴家之列，现在任教于中国音乐学院管弦系。她的任务是轮流在四把琴上奏一段同样的乐曲（很短，2—3分钟），让听众分辨各琴的特色。一共奏了三轮，有缓慢抒情的、快速炫技的和中等速度的曲调。她出手的确不同凡响，每一段都优美动听，收放自如。她在S琴上拉的时间比较长，还试着拉了规定以外的曲调。后来她自己承认，机会太难得，忍不住要在上面多过过瘾。她讲了对每把琴的不同感受，有的音色比较洪亮，有的比较细腻……她解释说，每把琴都有个性，一个演奏者拿到一把新琴，大约要磨合一个月，才能得心应手，与琴融合为一。自己常用的琴更是如亲人、密友，相互有不可言传的默契。她还说弓也很重要，而且弓的寿命不能像琴身那样长，过一段时间需要换，什么琴换什么弓就有讲究。她自己使用的也是一把意大利名琴，是1760年真纳罗·加利亚诺（Gennaro Gagliano）制作的。她也用自己的琴示范了一番。

小提琴变成了收藏的古董和拍卖的商品，但是归根结蒂还是供演奏的，这与一般供观赏的艺术品不同。著名演奏家多数都有自己珍贵的乐器，但是并非所有演奏家都有财力买得起这样价值连城的琴。宝刀应该归英雄。现在已经有人成立了专门的基金会，资助著名提琴家获得名琴。

最后互动环节，提问者问的大多是收藏和市场流转的问题，与传递音乐的作用关系不大。也可以看出中国观众兴趣所在。这还只是小范围（也就五六十人）的，应该是多少与这一行沾点边的人。马基先生说现在收藏市场已经进入中国，名琴之所以有名，主要在于其音色。坦率说，以我的愚钝，努力用心听，真听不出太大的差别，只有那把S琴似乎特别柔美、细腻，不过也许还是心理作用。我能听得出的是这位黎女士比开始那位莫先生明显艺高一筹。看来还是人比琴重要。但是对演奏者来说，大概会感觉到琴的差别。据黎女士说，她与自己用惯的提琴是有感情的，而且如亲人一样有默契，这是陌生琴不可代替的。

事后我在网上查阅有关S名琴的资料，在维基百科上见到一段有趣的情节，就是由多位小提琴演奏名家"盲听"S琴与其他优质琴的演奏，试看是否能分辨出来，结果大多失败。自1817年至2014年举行过多次此类"盲听"活动。其中比较著名的一次是1977年BBC（英国广播公司）第三频道举行的测试，邀请了斯特恩和祖克曼两位世界顶级小提琴家，还有著名乐器商查尔斯·比尔，受测试的琴有斯特拉迪瓦里最著名的"恰空"、1739年的瓜纳里（Guarneri del Gesu）和一把1976年出产的英国小提琴。做法是先让两位小提琴家自己在四把琴上都拉一遍，然后请一位独奏家轮流拉这几把琴，他们隔着幕帘听。结果三位聆听者无人听对两把以上。有人还把20世纪的英国琴误以为S琴。还有一次盲听测试是在2009年，请英国著名小提琴家马修·特拉斯勒（Mathew Trusler）拉自己的1711年S琴和四把当代瑞士名家制作的琴，由180名听众投票选出音色最佳的琴。结果一把当代瑞士琴以90票当选，而价值两百万的S琴仅得39票，屈居第二。多数听众误以为那把当选第一名的就是S琴。还有多次不同场合、不同方式的测试，不再详述，总之"盲听"结果很少有完全"猜对"的。这样，我便可以坦然，不感到自卑了。我无意贬低古名琴之名贵，只是再次肯定，人比琴重要。用一把品质中上的琴，不同水平、不同风格的演奏者拉出的效果对听众来说，可能比同一个人在不同的琴上拉出的效果差别要大得多。当然，如果琴不够好，高水平的演奏者是不能发挥到极致的。这不仅是提琴为然。

以上是我2017年的经历。当时我还怀疑流转到中国的琴是否会落入真正的鉴赏家之手。谁知本书截稿前竟然巧遇中国收藏家喻恒,他确实收集了不少价值连城的名琴。他也成立了基金会,向一流专业演奏者提供名琴。

不由得联想到钢琴。我曾经参观过鼓浪屿的钢琴博物馆,确实美不胜收,大开眼界,但那些琴不可能供登台演奏。钢琴当然制作的水平也差别很大,名牌琴都有严格的材料和技术标准。我相信著名钢琴家都有自己珍贵的名琴,而且可能不止一架。但是演出总不能带着自家的钢琴满世界走,所以必须适应不同的琴。据我有限的经验,在一架陌生琴上弹奏,开始总觉得别扭,需要练习几遍才适应。我设想,一位演奏家演奏前大概也只能用较短的时间"热身"练琴。也许大师级的演奏家在著名的音乐厅都有自己指定的名琴(这是猜想)。不过钢琴与弦乐器的不同之处在于每一个琴键的发音是固定的,而提琴的音色、音调在很大程度上依赖演奏者的手下功夫与耳朵的辨别力,所以更需要磨合。我从未拉过提琴,这些都是临时想到的外行话,只能供方家一笑。

没想到,2021年又有机会聆听在古钢琴上的演奏,演奏者是著名钢琴演奏家和教育家盛原。他除一般演奏、育人外，还弹羽管琴，并有一项兴趣是在各种品牌和不同时代的钢琴上弹奏不同的作曲家的作品。我有幸应邀聆听他在古钢琴上演奏肖邦，一次是小范围的沙龙聚会，他在肖邦时代的贝希斯坦琴上演奏肖邦，除上半场肖邦的各种曲目外，下半场24首前奏曲一气呵成。演奏者全身心投入，我这个听者也随之心潮起伏，颇为震撼。傅聪去世之前，盛原曾到伦敦专门登门求教，傅聪为其详细讲解并示范自己对肖邦前奏曲的体会。拜互联网之赐，我得以见到视频。这属于高层次的精益求精，我只有仰望的份儿。临近岁末，又得以聆听他在1835年前后的琴上演奏肖邦晚期作品，包括遗作，同时对曲目背景及内容做讲解，颇受教益。当然，不同的钢琴音色是有差异的。但是差别大到古今之异，我还是分辨不出来。

新老乐友——亦师亦友

我以琴自娱，以乐会友是最大的乐趣。不过本人有自知之明，绝对是业余水平，上不得台面，而且自己已是槛外闲人，不敢随便占用各类忙人的宝贵时间，不仅是音乐界为然。幸运的是，无心插柳，竟结识了好几位一流的专业音乐人，而且他们都不弃老朽，诚心指教，使我受益匪浅，所以这些忘年交同时都是我的老师。

前文提到过上音的毛翔宇教授和天津的靳凯华老师，尽管和我不在一个城市，只要有机会，仍然继续热心主动对我进行指导。我每赴沪，毛老师总在百忙中抽空见我，并必问这次弹什么。我也援例准备一两首向他请教，特别是一些难点，经他点拨，总有所长进。疫情期间，他竟然主动教我下载一软件，约时间上了两堂网课。我知道他非常忙，为我这样一个没有什么"前途"，大概连附中水平都够不上的白头贡生费时费力，十分过意不去。他有教无类，认为我还有提升空间，故愿加以点拨。

靳凯华也已届耄耋之年，而壮心不已，在天津一边教学，一边致力于推广业余钢琴活动，她创办的成人钢琴学会已有20年。继2012年参加国际非职业钢琴比赛后，2017年、2018年她都邀请我到天津参加她主办的业余音乐会。

在这几场演奏中，她已熟悉我的毛病，下决心要继续

2017年在天津举行演奏会

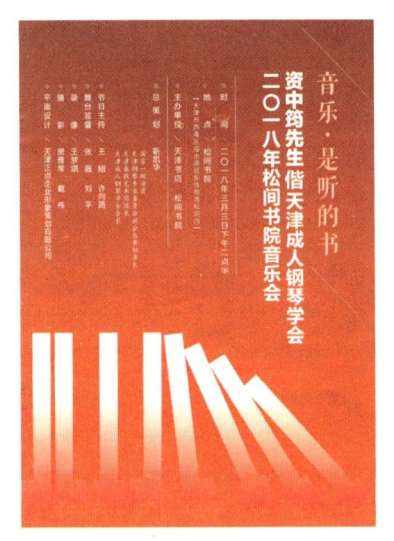

天津松间书院音乐会

2018年在天津做讲座

对我进行指导。不由分说，自己定下三个月来一次北京，早出晚归。津京之间坐火车只需半小时，但她因摔伤过，腿脚不便上下月台，每次都是由她的学生兼好友开车走高速，需两小时。有友如此热心，我感动之余只有虚心受教。她除了我原来练过的曲目外，还给我留了新的作业，主要有海顿《C大调奏鸣曲》（1791年）和巴赫《平均律曲集》中的一首不太难的。另外还有一些练手指的谱子。这是2019年的事。可惜好景不长，一共来了三次，就遇到疫情，从此无限期推延。靳老师一方面各种活动仍然十分忙碌，一方面也拗不过自然规律，精力日衰，即使条件允许，我也不忍这样"剥削"她了。

应该提到的是，通过她，我结识了旅法归来的男中低音歌唱家时可龙。他是天津人，后留法，在法国进行演出和音乐活动多年，并致力于中法文化交流。晚年决心回到家乡教学、普及音乐，成为靳凯华的挚友和事业上的伙伴。他声音得天独厚，平时说话都有共鸣。2018年的音乐会他参加演唱，一张口确实不同凡响。他也陪靳凯华来过我家。除了音乐造诣外，他也很有思想，热心公益。他看起来精力充沛，却不幸不久前猝然去世，享年79岁。他够得上一流的优秀歌唱家，但因常年在外，在国内很少演出，所以除天津外，中国音乐界知者不多，特在此记上一笔。

还有一位新相识，也在师友之间，是郭珊。她也是中

2018年与靳凯华、时可龙

央音乐学院出身的正规专业钢琴人，不过后来担任了国家交响乐团的副团长，做了行政工作，没有从事专业演奏，退休后又恢复练琴。她除了音乐之外，对文化历史有广泛兴趣，经雷颐（近代史学者，我多年老友）带到我家来介绍认识，一见如故。她住在北京，来往方便，而且也已退休，时间多一些，成为我家常客。我们天南地北聊天的同时，当然少不得弹琴，还玩四手联弹。理所当然地，她又成为我的老师，随时指点，纠正毛病，提出建议。除此之外，她给我留下一本《车尔尼740》，成为我经常练习的课本。2019年，一些朋友为我提前过90岁生日，举行了一次音乐会，我邀请郭珊参加了演出。关于音乐会，下面再详述。

还必须提到一位音乐奇人——代博，钢琴家兼作曲家，也是中央音乐学院毕业，后在学院任教。不幸童年因病双目失明。多年以前，我第一次见到他是通过三联书店的朋友叶芳介绍的。他属于80后，所以当时应该还不到30岁。随后我们应邀参加了他的独奏音乐会，既弹钢琴又弹羽管琴。前半场是巴赫的作品，后半场是他自己的创作。

《有琴一张》再版后记

据介绍,他曾师从盛原。作为钢琴家,他对巴赫的作品有特殊的造诣,而创作风格却比较现代。盲人有特殊的音乐天赋并不鲜见,但达到他这样的造诣的并不多。令我惊讶的是叶芳说他是我的"读者",所以介绍我认识。交谈之下,他在文史方面的修养、对音乐以外的兴趣之广泛和知识之渊博,确实不同寻常。显然手读盲文无法满足其需求。我只知道当时已存在朗读专业,可以从广播中听书,但是大多是小说或比较适于普及的书籍,而且速度较慢,不大可能满足这样广博的阅读量。智能手机之兴起,音频与文字间转换的技术发展和普及似乎还是近几年的事。我孤陋寡闻,对此不太了解。总之,生活在科技迅猛发展的时代也是代博这样的天才之幸。他成就突出,已得到国际承认,常到国外演出、讲学,更加见多识广。他有一位秀丽聪慧的妻子曹雨涵,拉小提琴,对他照顾有加,相得益彰。借微信之力,近年来我们常有联系。他们也曾来我家玩,雨涵和我也合奏过。代博以他敏锐的听力当然不放过我的瑕疵,坦率指出,进行指导,还做示范。他不知记忆中有多少曲子。他说一方面记声，一方面记手，也就是一首熟练的曲子可以不管声音，凭手的记忆完整地弹下来。甚至还可以一方面顺着手下意识地弹一首曲子，同时戴着耳机听一篇完全不相干的文章。这是什么功夫！他还向我介绍过书籍，其中有纪德写的《关于肖邦的笔记》，发给我全部英文版。近年来他多有作曲，包括为大型纪录片《影响世界的中国植物》配乐。

前面提到钢琴家盛原，曾是代博的老师。他除了请我听他演奏外，也有所交往，除了聊天外，每次我都借机准备一两首曲子请他指导，颇受教益。

不断结识多位国内一流的音乐家，总是机缘凑巧，或通过朋友的朋友连环结识。他们不弃我外行、老朽，除了出于对音乐的爱好外，也都有一定的思想基础，至少认同我的某些看法，对人文艺术有所追求。此处不一一点名，以免吹嘘"我的朋友×××"，有"追星"之嫌。他们多数属于中青年，已经功成名就，或是冉冉上升的新星。来日方长，艺术家不可能不食人间烟火，我只衷心希望他们能抵挡住各种诱惑，保持对艺术的纯真、敬畏之心。

《有琴一张》再版后记

悼亡友

在结识新乐友的同时,老友逐渐凋零。2018年,又一位乐友胡亚东仙逝,感到莫名的凄然、怅然。胡亚东是卓有成就的化学家,曾任中科院化学所所长、中国化学会理事长。他毕业于清华化学系,比我高两级。我与他初识于20世纪90年代初《爱乐》杂志的集会上,后来他也间或参加我们清华乐友的聚会,不过不是常客。虽然我与他进入老年才相识,却一见如故。除了音乐的共同爱好外,还有历尽风波仍然保持的赤子之心,率性而有情趣,以及忍不住的社会关怀,我们常常议论风生,意气相投。

亚东少年时拉过小提琴,中学时还组织过四重奏乐队,但是我认识他时,他已不玩乐器,只痴迷古典音乐,是有极高品位的鉴赏家,音乐知识丰富,也写过乐评。他送过我一本著作《听!听!勃拉姆斯》,是自己欣赏音乐的切身体会,同时完全够得上音乐专业著作。他对各种版本的管弦乐或器乐演奏的特点体会入微,对众多指挥家、演奏家的不同风格如数家珍。据说他收集有从黑胶到盒带到CD的无数唱片,当然现在少不了MP3、MP4等。我一直

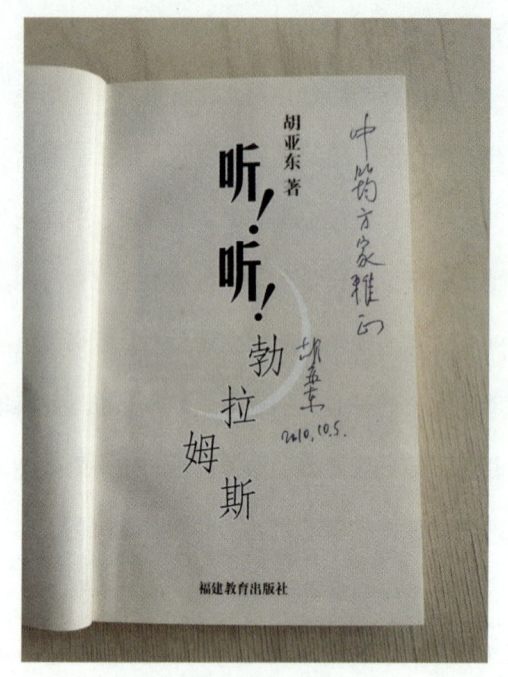

胡亚东赠《听！听！勃拉姆斯》

想哪天登门拜访，见识一下这些珍藏，选一两首曲子当面聆听他的诠释。但是住处相隔太远，惰性越来越强，终于未实现。

有一次李佩先生（这位可敬的老师也已作古，近来网上常见介绍她的事迹）请我为中科院退休老科学家做讲座，他是热心听众之一，提了很好的问题，也发表了很有见地的意见。2011年我的新书发布会他也来参加，并且做了发言，就启蒙问题谈自己的困惑。我记住一句很能代表他的风格的话："我们这辈人呀，这么多年来，启了又蒙，蒙了又启……"

2013年我和石阳小朋友合作，在中央音乐学院举行演奏会，亚东兄当时已腿脚不便很少出门，我虽然向他发出了请柬，但不敢指望他来，结果他还是勉力来了。事后给我发来热情洋溢的邮件。以后我的音乐活动他都关注。去年我托朋友送给他陈乐民的书画集和我的钢琴光盘，他都有评论反馈，使我感动。因为此类给朋友的馈赠一般很少有收到回音的。在互通微信之后，交流就更加频繁些，可惜我们这方面比较落后，和他通微信为时较晚。微信交流的内容多谈音乐。他听了我弹贝多芬《热情》的第一乐章的录音，说希望我三个乐章都弹。我说第三乐章的速度我是绝对达不到的。他说慢点也可以，反正是老人。他又说最喜欢贝多芬第29、30、31号，特别是最后第32号奏鸣曲，只有两个乐章，"是真的告别？"，要我试试。我说这几首超过我能驾驭的难度。他回信鼓励说:"你已经难能可贵了,你的同学也为你骄傲。"最后一次收到他的微信,录了一段我某次的讲话,说:"这是我看到的你的讲话,完全正确,我这个不懂社会的人都能懂。"谁知这段话竟是永诀!他在贝多芬最后一首钢琴奏鸣曲中听出了告别之意。一语成谶,是他自己预感到了告别?

至于他的专业,我完全外行,只知道造诣很高,曾做出重要贡献。从他的职务可以看出他在中国化学界的地位。改革开放后,中国化学会恢复在国际纯粹化学与应用化学联合会的会员席位,是他代表中方签的字。他是20世纪50年代的留苏生,那时选派留学的理科生大多是业务上拔尖的。在中苏交恶,苏联向我们封锁技术的几年中,他在化学材料研发上曾有突破性创新,填补了关键的空白,与航天工业都有关系。尽管我不懂,我对那一代理工生的才华和敬业,以及执着于专业的献身精神是有所了解的。而他们,连同他们的贡献,率多名不彰显。

俱往矣!先是父母师长辈仙逝,然后是同辈陆续离去。我感到的是一片树林、一类品种的凋零。窗外正是落花飞絮的暮春，而在我脑海中出现的却是"无边落木萧萧下"。

以乐会友方兴未艾

2017至2019年的两三年中，我又参加了几场规模不等的音乐沙龙。其中比较正式的一场是2019年热心朋友联合为我提前举办的90岁生日音乐会，比实际年龄提前了一年，似乎冥冥中有预见，如果到2020年就办不成了。

那次音乐会许多熟悉和不熟悉的朋友都闻讯纷纷要求前来，但囿于场地和有关大型聚会的限令，许多热心者被婉拒。实际听众也大大超过规定的50人，可谓胜友如云，不能一一介绍。这里只提四位比我还老的：大画家黄永玉（95岁）、作曲家茅沅（93岁）、广播事业专家卢萃持（91岁）、经济学家吴敬琏（89岁，比我大半岁）。需要介绍的是卢萃持，她是我第一年上燕京大学的第一位同宿舍的同学，当时我17岁，她19岁。她上新闻系，比我高一级，毕业后一直从事广播事业。当年老同学帮助新同学成风，她十分热情，对我在生活上照顾有加。她是广东人，还曾教我用广东话背《长恨歌》。后来我离开燕京，就此断了来往。进入21世纪，由于她的儿子也与音乐界有关系，一次惊喜的偶遇，联系上了这位老同学，十分高兴。难得的是隔了大半个世纪，各自历尽沧桑，却无生疏感，话旧、论今仍投机。这次我特意请她来。

与 2019 年生日音乐会嘉宾合影

《有琴一张》再版后记

以我的水平，当然撑不起一次演奏会，请了几位专业音乐家来撑场面。节目如下：

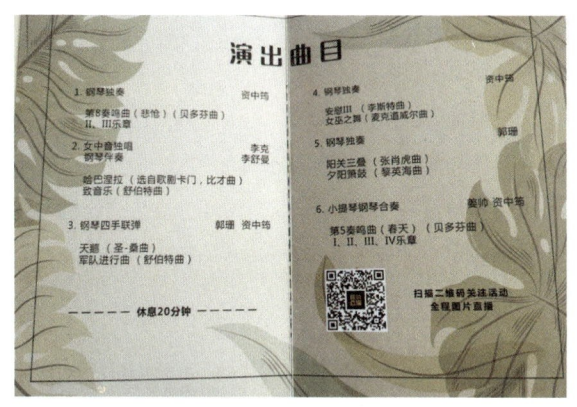

2019年生日音乐会演出曲目

音乐会节目单

2019年6月22日

1. 钢琴独奏　　　　　　　　　　　　　　　　　资中筠

   《第八钢琴奏鸣曲》（即《悲怆》，贝多芬曲）

   Ⅱ、Ⅲ乐章

2. 钢琴独奏　　　　　　　　　　　　　　　　　郭珊

   《阳关三叠》（张肖虎曲）

   《夕阳箫鼓》（黎英海曲）

3. 钢琴四手联弹　　　　　　　　　　　　　　　郭珊　资中筠

《天鹅》（圣－桑曲）

《军队进行曲》（舒伯特曲）

休息

4. 钢琴独奏　　　　　　　　　　　　　　　　　　　　资中筠

《安慰Ⅲ》（李斯特曲）

《女巫之舞》（麦克道威尔曲）

5. 女中音独唱　　　　　　　　　　　　　　　　　　　李克

钢琴伴奏　　　　　　　　　　　　　　　　　　　李舒曼

《哈巴涅拉》（选自歌剧《卡门》，比才曲）

《致音乐》（舒伯特曲）

6. 小提琴钢琴合奏　　　　　　　　　　　　　　姜帅　资中筠

《第五奏鸣曲》（即《春天》，贝多芬曲）

Ⅰ、Ⅱ、Ⅲ、Ⅳ乐章

我在会前发言的大意如下：

实际上我知道自己弹琴是上不得台面的，特别是一离开家里的琴，就错误不断。我对音乐和艺术有一种敬畏，深知业余和专业是不能跨界的，不会以为自己学了几年就可以拿来表演了。也看过一些人无论是在哪一方面有成就，字写得不怎么样，就拿出来展览或拍卖，深引以为戒。但今天是一个私人朋友的联欢会，承蒙朋友们热心与我同乐，随便弹几首，不管弹成什么样，供大家一乐。

2019年生日音乐会

有 琴 一 张

我今天很高兴，也很荣幸请了几位专业的音乐家一起助兴。他们都是真正的专业人士。

郭珊老师是中央音乐学院毕业，专业在中央乐团弹琴，后来从事行政工作，是中央乐团的副团长，有几年没有专门弹琴。但是你们听了就会知道她是专业的。我特别请她弹《阳关三叠》，因为我始终认为这样一支曲子不能只有我一个业余水平的版本。有一些技巧的要求我就是达不到。我就给了她一份乐谱，希望她练一练来参加演出。她艺高人胆大，在短时间内一首完全没有摸过的曲子就拿下了。一些熟朋友大概不止一次听过我弹《阳关三叠》，今天可以听到专业水平的演奏。

与郭珊四手联弹

《有琴一张》再版后记

  李克老师是女中音,也是中央乐团的,现已退休。她曾担任贝多芬《第九交响曲》的领唱。伴奏是她的女儿,也是中央乐团的钢琴手。

  另有一位青年才俊姜帅先生,将要与我最后合奏贝多芬的《春天》奏鸣曲。他也是科班出身,从中央音乐学院附中到音乐学院毕业,后去德国深造,参加过德国的交响乐团,现在是爱乐乐团的小提琴副首席。

  这么多高手跟我一同演出,我很感动,也诚惶诚恐。总之我非常感谢。

与姜帅合奏

2019 年生日音乐会

吴敬琏先生赠花

讲到节目单，开头结尾都是贝多芬的，这不是故意的，是因为我自己能弹的曲目有限。前年我把我能背下来的曲目录了一张光盘《衰年自考》，共11首，送给了一些朋友。在这之后我又重新背了《悲怆》奏鸣曲，这是现在唯一一首三个乐章能完整背下来的。本来有过一个不自量力的想法，想今天三个乐章都弹，但后来考虑第一乐章我弹的毛病太多，太不成熟，并且很费力，前面把劲使完了，后面就没力气了，后面的《春天》有四个乐章呢，所以最后决定只弹第二、三乐章。即使这样，也弹不好，请大家多多担待。

另外，据说现在音乐界有一种反对"德奥中心"的说法，我恰好有限的音乐知识就是以德奥为中心的，而且几乎止于19世纪，20世纪的极少。现在要弹的《女巫之舞》是我唯一会的美国作曲家的作品，麦克道威尔是跨世纪的，我原把他算入20世纪，但后来发现音乐史上还是把他算入19世纪浪漫主义派。不过此浪漫主义非彼浪漫主义，与另一首李斯特的《安慰》非常不同。"Witches' Dance"翻译成"女巫之舞"比较文绉绉，说白了是"妖精跳舞"，更能想象它的意境——快速、跳跃、一惊一乍的。不过我能不能表现出来，又是另一回事了。

换琴

那次音乐会引起郭珊的兴致，她的乐友当然很多，又组织过几场音乐聚会，自娱自乐。自此以后，我以乐会友的活动日益增多，部分替代了空间日益狭窄的文字写作。如无疫情影响，此类聚会还会更多。我活到老学到老，竟然有所长进，兴趣日浓。于是又做了一件以前没有想到的事，就是换琴。我2008年搬新居，终于有空间可以放下三角琴，于是购买了平生第一架三角琴，认为已经如愿以偿，这是最后一次换琴了。琴是营口钢琴厂出产的，属于该厂第一批三角琴，为创牌子，物美价廉，当时感觉不错。琴行老板坦率介绍称，现在此琴音色、性能都不错，但国产琴与进口名牌琴的区别在于难以持久，大约10年后毛病就开始显现，需要大修整。我那年78岁，认为10年足够了，我自己大概维持不了弹琴10年的能力。没想到十多年过去后，方兴未艾。而琴的品质果然下降，自己的要求反而高起来。调音师认为此琴微调不够，需要搬回琴行彻底修整，当然费用也不菲。我忽发换琴之想，同样是折腾，何不换一架进口琴呢？有了此念后，一段时间脑海中有两种声音打架：一说自己来日无多，又是业余自娱，不值得再折腾；一说唯其来日无多，就这点乐趣，有生之年为什么不任性享受一下呢？斗争结果，后者占上风。于是

《有琴一张》再版后记

下决心，在我熟悉的琴行老板帮助之下，购得一架能放进我有限的空间里的小尺寸的卡瓦依（KAWAI），果然比原来的各方面有不少改进，主要是自己感觉舒服。每与朋友谈及此事，他们一致的意见都认为我本该随性而为，根本用不着纠结。

我很幸运，少时有机会学了一点琴，还遇到好老师，使我晚年还有那么丰富的生活和乐趣。同时我对专业演奏家总是保持钦佩和敬畏。正由于学过而没学好，深知达到某种堪称专业的水平——更不用说大师级——是多么不容易。一靠天赋，二靠苦练，缺一不可。至于二者的比例，因人而异。我还是坚信，无论有多高的天赋，还是缺不了苦练基本功这一关。

近见有学者文章称，决心让自己的孩子做个"普通人"，所以不让他学钢琴云云。文章所针对的是现在家长望子成龙心切，追求虚荣，使孩子不堪重负。这点我赞同。但是把学不学钢琴作为是否做普通人的分野，大谬不然。这恰好落入了作者所反对的观念的窠臼，也是方今中国家长或教育界的误区。孩子课余学习一门艺术，无论是音乐、美术、舞蹈或武术，都是美育熏陶的一部分。如果在某方面有天赋，或特别喜好，则可作为将来的专业来培养，否则作为业余兴趣，与做不做"普通人"无关。方今社会实用主义盛行，学钢琴或其他乐器成为一种工具，或者作为"特长生"，升学时可以加分；或者满足父母的虚荣心，成为进入某种"圈子"的标志，达到目的后就放弃。如果想以此为专业，则想到的是"琴中自有黄金屋"。一位音乐老师告诉我，郎朗作为励志的范例对音乐教育起了非常负面的作用，因为许多学童学习的动力不是对音乐本身的欣赏，从中得到精神上的满足，而是以郎朗为标的，期盼一朝像他一样名利双收。这当然不是郎朗之过，而是畸形的宣传之过，或者是高度功利化的社会现象之一。正如人们提到比尔·盖茨，想到的是亿万富翁，却不是他当年的好奇心、创新精神、艰苦创业的过程，以及对互联网科技的贡献。以个人的经历为例，我如果从来没有学过琴，就世俗的功业成就而言，不会有丝毫增减。有幸学了一些，则增加许多人生乐趣。特别是晚年以此自娱、以此会友，慰我孤寂良多。师友热心指导和我用心学习，都毫无功利目的。本是风烛残年，进入这样的境界，我何幸！

（2021年岁末截稿）

2021年沈洋来家中玩

© 中南博集天卷文化传媒有限公司。本书版权受法律保护。未经权利人许可,任何人不得以任何方式使用本书包括正文、插图、封面、版式等任何部分内容,违者将受到法律制裁。

图书在版编目(CIP)数据

有琴一张:全新修订版/资中筠著.——长沙:湖南文艺出版社,2022.6
ISBN 978-7-5404-7641-0

Ⅰ.①有… Ⅱ.①资… Ⅲ.①散文集—中国—当代 Ⅳ.①I267

中国版本图书馆 CIP 数据核字(2022)第 031719 号

上架建议:散文

YOU QIN YI ZHANG: QUANXIN XIUDING BAN
有琴一张:全新修订版

作　　者	: 资中筠
出 版 人	: 曾赛丰
责任编辑	: 刘雪琳
监　　制	: 于向勇
策划编辑	: 王远哲
文字编辑	: 刘　盼
营销编辑	: 段海洋　时宇飞
封面设计	: 尚燕平
版式设计	: 梁秋晨
出　　版	: 湖南文艺出版社
	(长沙市雨花区东二环一段508号　邮编:410014)
网　　址	: www.hnwy.net
印　　刷	: 北京中科印刷有限公司
经　　销	: 新华书店
开　　本	: 875mm×1270mm　1/32
字　　数	: 106 千字
印　　张	: 7
版　　次	: 2022 年 6 月第 1 版
印　　次	: 2022 年 6 月第 1 次印刷
书　　号	: ISBN 978-7-5404-7641-0
定　　价	: 49.80 元

若有质量问题,请致电质量监督电话:010-59096394
团购电话:010-59320018